P9-CEE-442

Canon

Federico Reyes Heroles

Canon

CANON
D. R. © Federico Reyes Heroles, 2005

ALFAGUARA

De esta edición:
D. R. © Santillana Ediciones Generales, S.A. de C.V., 2006
Av. Universidad 767, Col. del Valle
México, 03100, D.F. Teléfono 5420 7530
www.alfaguara.com.mx

- Distribuidora y Editora Aguilar, Altea, Taurus, Alfaguara, S. A.
Calle 80 No. 10-23. Santafé de Bogotá, Colombia
Tel: 6 35 12 00
- Santillana S. A.
Torrelaguna, 60-28043. Madrid, España.
- Santillana S. A., Avda. San Felipe 731. Lima, Perú.
- Editorial Santillana S. A.
Av. Rómulo Gallegos, Edif. Zulia 1er. piso
Boleita Nte. Caracas 1071. Venezuela.
- Editorial Santillana Inc.
P. O. Box 5462 Hato Rey, Puerto Rico, 00919.
- Santillana Publishing Company Inc.
2043 N. W. 86 th Avenue Miami, Fl., 33172, USA.
- Ediciones Santillana S. A. (ROU)
Javier de Viana 2350, Montevideo 11200, Uruguay.
- Aguilar, Altea, Taurus, Alfaguara, S. A.
Beazley 3860, 1437. Buenos Aires, Argentina.
- Aguilar Chilena de Ediciones Ltda.
Dr. Aníbal Ariztía 1444.
Providencia, Santiago de Chile. Tel. 600 731 10 03
- Santillana de Costa Rica, S. A.
Apdo. Postal 878-150, San José 1671-2050, Costa Rica.

Primera edición en México: enero de 2006

ISBN: 970-770-349-0

D. R. © Proyecto de: Enric Satué
D. R. © Cubierta: Everardo Monteagudo

Impreso en México

A Roberto Kretschmer:
por su sabia generosidad científica,
por la música de nuestras vidas.

Lo fugitivo permanece y dura.
QUEVEDO

Tu materia es el tiempo.
El incesante tiempo. Eres
cada solitario instante.
JORGE LUIS BORGES

Canon: Regla de las proporciones
de la figura humana.
REAL ACADEMIA ESPAÑOLA

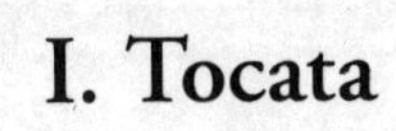

I. Tocata

1

Julián levantó la copa de espumoso y esperó la mirada de Mariana. Eran las 00:24 del primero de enero de 2000. Unos instantes después, motivada por una presión indescriptible, ella cayó en sus ojos. De inmediato entendió el mensaje.

A las 00:31, mientras sus amigos prolongaban el brindis arrojando humo elegantemente por la boca o bailando, ya ninguno de los dos se encontraba en la celebración. Las palmeras se mecían. El mar notaría la ausencia. Su búsqueda entraría en un periodo crítico.

2

La monotonía destruye todo. Cualquier emoción procesada en la monotonía se pierde en el camino. Pongamos por ejemplo la tristeza. Estamos en el teatro. Una actriz entrada en años encarna a una solterona rodeada de soledad. La trama es desgarradora. Obligada por su padre se ha alejado de su gran amor, el personaje va de abandono en abandono. Su pareja sale de la escena dando un portazo. Uno más, el último. Ella cae envuelta en sollozos. Es el final de la obra. Todos lo sabemos o lo intuimos, deberíamos tener un nudo en la garganta y sin embargo un bostezo nos asalta. Justo en el momento culminante, la peor aburrición nos visita. Tanta tristeza fastidia. Qué mala obra. Simplemente fue demasiado. Se volvió monótona. Pero ¿cuál es la frontera?

Lo mismo ocurre con el humor. Una retahíla de chistes y guasas puede convertirse en un auténtico somnífero. Ni los profesionales del humor más conocidos como Johnny Carson o Leno corren el riesgo de prolongar demasiado su encadenamiento. Incluso para reír con intensidad se necesita un descanso, un cambio. Algo similar ocurre con el ánimo. La monotonía siempre merodea como amenaza. Un acróbata arranca veloz desde una esquina, va envuelto en una extraña malla, lleva el rostro maquillado en blanco, de pronto se arroja sobre sus manos y vuela. El corazón se nos encoge. Es formidable. El primer salto mortal nos corta la respiración. El décimo quinto, igual de riesgoso, pierde gracia, nos empieza a parecer un exceso. Por eso los buenos actos circenses son breves. De nuevo, ¿cuál es el límite? Imaginemos que alguien toma cualquier tecla del piano y la ataca sistemáticamente con un segundo de intervalo. En poco tiempo tendremos ganas de torcerle el cuello. ¡Hasta la palabra monótona es monótona! Nadie se salva. También le ocurre a los conversadores. Hay personas que todo lo platican sin alteración alguna. Lo mismo su primer amor que el entierro de su padre. Sus palabras se convierten en prisiones de las cuales deseamos escapar. Huimos de ellas, de las palabras monótonas y también de las personas monótonas. La monotonía amenaza igual a pobres que a ricos. Hay sin embargo una diferencia central: con dinero se puede sortear mejor algunas de las tragedias que nos acechan y que rompen involuntariamente la monotonía. Aunque, claro, siempre puede haber un tsunami, que a nadie perdona. Sin embargo, al final con dinero se tienen más posibilidades de alejarse de los peligros naturales. Un huracán o una inundación se llevarán primero las casas de los pobres. Ahí está la tragedia de Nueva Orleáns. Es absurdo, pero eso provoca que la prosperidad traiga un nuevo tipo de monotonía. Los pobres padecen más las amenazas naturales. Leemos en el diario, sin cimbrarnos demasiado, que hubo alrededor de 79,000 muertes por un sismo en Irán. Aparecen las imágenes de los cuerpos apilados en camiones. La gran mayoría eran pobres. Quizá por eso quienes están lejos de la pobreza se buscan otros peligros: penetrar las profundidades del mar, arrojarse del cielo, escalar montañas, conducir un bólido. Buscan emociones que destruyan la monotonía.

Pero existe otro tipo de monotonía, la que ayuda a la supervivencia. Un enterrador, por ejemplo, no puede vivir a diario reflexionando sobre la muerte. Los muertos dejan de ser para ellos personas queribles que se han ido. La esencia de las cosas se trastoca. Ven a todos los muertos iguales. ¡Ya no son muertos, sino un objeto! Así de poderosa es la monotonía. Apoyados en la rutina de su trabajo, se vuelven inmunes al dolor humano. En ese caso la monotonía protege insensibilizando. La insensibilidad de ciertos médicos es célebre: "Tiene usted cáncer de páncreas, le quedan cuando más seis meses de vida. Lo siento mucho." Fin de la historia. Uno escucha. "El siguiente, por favor." Cierta monotonía nos alivia y otra nos asfixia. Romper la monotonía es uno de los desafíos más antiguos de la humanidad. Construir rutinas también lo es. Quien rompe la monotonía se arriesga, escapa hacia una libertad que añoramos, pero también pierde sus protecciones, re-vive, vuelve a vivir incluso lo que no desea, todo a la vez.

La fiesta es una ruptura de la continuidad. Se trata de un delirio programado, pero delirio al fin. Queremos quebrar con esa repetición que nos agobia. Es cierto que la vida misma nos ofrece esas rupturas, pero por desgracia con frecuencia ellas llegan con dolor. La enfermedad descubre la monótona salud que deseamos. La ausencia de alguien, al sólo imaginarla, en ocasiones nos hace valorar su presencia que, a su vez, se vuelve monótona. Pero nadie desea la enfermedad, la ausencia o incluso la muerte de alguien únicamente por romper con la monotonía. Hay entonces dos formas de quiebre de la monotonía, la voluntaria y la involuntaria. La primera noche del nuevo siglo Mariana y Julián fueron por voluntad a romper la monotonía. Pero no todo en la vida es gobernable.

**

—¿Todo? —preguntó ella.

—Todo —respondió él.

—Ya no es discurso —advirtió ella.

—Lo sé —confirmó él.

**

3

El hall estaba vacío. Todo mundo festejaba frente al mar. Los jóvenes bailaban envueltos en una música ensordecedora y cuadrada. Mariana le dio un primer beso en el elevador y cruzó una pierna por detrás de las suyas. Lo hizo con ese dejo de agresividad que debe llevar toda coquetería. Apretó la nuca de Julián y él se fingió atrapado. Se abrieron las puertas. Mariana caminó por el pasillo contoneándose en su vestido blanco. El escote era muy pronunciado y la espalda iba desnuda. Al caminar una apertura lateral dejaba ver sus firmes piernas casi hasta la cadera. Se detuvo frente a la puerta. Deslizó el tirante para dejar salir un hombro bronceado, maravilloso. Julián conocía y adoraba esas espaldas sólidas. Antes de que él introdujese la llave, hubo otro beso con todas las señas de la pasión.

La próxima escena fue quizá el detonador interno. Ninguno de los dos lo dijo, pero los hechos eso concluyen. Nada sería igual después.

Sabemos que entran a la recámara y suponemos que cumplen la promesa recíproca de iniciar el siglo, el milenio, haciendo el amor. ¡Qué mejor forma! Ella deja caer el vestido y aparece su cuerpo esbelto. La piel está bañada por el sol. Se queda casi desnuda con unas delgadísimas pantaletas y no se quita los zapatos de tacón bajo. Su perfil es provocador. Julián de inmediato reacciona. Los pechos de Mariana están recogidos. Ella lo mira retadora. Julián ha abierto el ventanal de la habitación, afuera se escuchan todavía algunos fuegos artificiales y música loca, es la gran fiesta. En el fondo el mar habla incontenible. Todo es perfecto. Dos sonrisas dan inicio formal a la sesión.

Al final la repetición casi invariable del ir y venir de las olas les recordó que todo seguía allí. Esa noche rasgaron sus entrañas.

**

Un jornalero lodoso mira sonriente. La desesperanza lo invade.

**

4

Imaginemos a un Papa del siglo XIII, se llama Clemente IV. Ha recibido una misiva de tono poco común. Un enloquecido fraile inglés le solicita de modo estridente corregir de una vez por todas el calendario oficial de la Iglesia Católica. La discrepancia era de once minutos por año y eso sumaba un día entero cada 125 años. De seguir por ese camino, en algún momento la primavera ¡sería celebrada en pleno invierno! ¡Una farsa! Se llamó Roger Bacon, fue él quien hizo ver al pontífice que ni la Pascua, ni la Resurrección, ni la Navidad estaban siendo celebradas en la fecha verdadera. David Edwing Duncan, un conocido periodista estadounidense, nos ha recordado nuestra obsesión por los calendarios. La lista se alarga: el romano, el babilonio, el egipcio, el judío, el islámico, el persa, el copto, el budista, el azteca, entre otros. Establecer la forma de medir la vida siempre ha sido una tentación de los poderosos:

Julio César (calendario juliano), Gregorio XIII (calendario gregoriano). Hasta los revolucionarios franceses, con todo su ánimo científico, reinventaron la lectura del tiempo. Pol Pot en su locura también lo intentó.

El propio Parlamento británico tuvo que corregir su versión del tiempo. Debe haber sido una discusión fantástica, ¡ya acumulaban once días de error! Eso fue a mediados del siglo XVIII, llevaban casi dos siglos negando el calendario gregoriano. Japón se tardaría un siglo más, lo haría en 1873. Hay quien todavía no da el paso. La Iglesia ortodoxa no ha cedido, la última vez que rechazó incorporarse al calendario gregoriano fue en 1971. Se calcula que el desfase es de casi tres horas. Hoy afirmamos con toda seguridad que el año trópico que transcurre entre un equinoccio invernal y otro es de 365 días, 5 horas, 48 minutos y 45 segundos. Por fin nos pusimos de acuerdo, podría decir alguien. Pero resulta que entre equinoccio y equinoccio también hay variaciones, así que lo mejor es sacar un promedio. O sea que tampoco hay certidumbre. Hay otras medidas, el año sidéreo es el tiempo que tarda la Tierra en dar la vuelta al Sol a partir de un punto fijo. Suena muy bien, pero con la teoría del Big-Bang, hoy por cierto en crisis, ese punto fijo, de verdad fijo para siempre, no existe. En 1972 se adoptó el tiempo atómico como nueva alternativa de medición internacional. Ahora son las 290,091,200,500,000,000 oscilaciones anuales de átomos de cesio las que nos dicen en qué día vivimos. Nuestra ubicación en el espacio es relativa. Veremos si la vida interna de los átomos es más confiable que los movimientos de los astros.

Tres, dos, uno, ¡feliz año nuevo!, gritó un miembro de la orquesta, ¡feliz siglo XXI!, y todos levantaron sus copas con motivo de ese instante unificador. Pero, ¿de verdad vivían el mismo calendario? Si alguna lección nos da el pasado es que los calendarios conviven, y con un poco de humildad tendríamos que admitir que la certeza sobre el instante que vivimos nunca será total.

5

Mariana camina con porte elegante. Se ve hermosa envuelta de nuevo en su vestido. Julián viene detrás y guasea con alguien en la pista de baile. Los dos sonríen. El cariñoso amigo cree, intuye o finge saber algo; en dónde se escondieron pregunta con sorna; Julián y Mariana se miran a los ojos y una sonrisa aparece. Mariana se va pronto; Julián trata inútilmente de retenerla. La tristeza asoma en el fondo de los ojos de Mariana. Es la 1:14 del nuevo siglo, cincuenta minutos bastaron. El vacío los visita.

6

Fue un miércoles por la mañana. Cualquier día es bueno para una crisis, pero ese día Mariana la sufrió un miércoles y fue aún peor: el domingo ha quedado atrás, el viernes sigue lejano. Imaginémosla. Está en la cocina blanca y moderna del apartamento, Juan María y Bibiana, sus hijos de 17 y 13 años, son disciplinados y bastante independientes. Increíble, pero han recogido sus platos. Mariana administra eficientemente su adolescencia, ya ambos van a campamentos de verano. Esa es la verdadera vacación para Mariana. Juan María es hiperactivo, pero con los años el síndrome se ha vuelto casi simpático. Julián nunca está ausente. Es un padre estricto pero complaciente a la vez. Ese miércoles Francisca, la empleada doméstica, ha llegado silenciosa como siempre. La ropa da tumbos en la máquina. Mariana ha hecho sus estiramientos. ¡Ya logra separar todos los dedos de los pies sin dificultad! Gran avance, todo está en orden. Decide prepararse un té negro, earl grey, que le ayuda a la digestión. A diario lo toma. Mariana bebe de pie su té, por supuesto sin azúcar. Espera que se enfríe.

Fue justo en ese instante que Mariana se dio cuenta de la agobiante monotonía. Todo era muy bueno, pero siempre igual. Algo le intrigaba: ella misma había construido ese mundo sin variaciones que ahora la sofocaba. Eso la angustió. Fue casi asfixia. Ese miércoles tenía tiempo, hora y media, para llegar a su seminario sobre postmodernismo y espacio, hora y media que ese día le pareció un tiempo excesivo, prolongado y vacío. Sin ese tiempo dilatado quizá no hubiera caído en una crisis. Pero ella suele buscarse esos tiempos. Son parte de su concepto del lujo. Su trabajo en el despacho los permite. Del seminario irá a la oficina a verificar la entrega de unos planos. Comerá ligero con algún colega. En la tarde hay una reunión para conocer los requerimientos del cliente del nuevo proyecto de villas en el trópico. Ese era el momento culminante de su día. Eso pensó Mariana con profundo aburrimiento. El silencio enmarca su intriga: treinta y ocho años, un marido trabajador, fiel, simpático y malo para el tenis; dos hijos sanos, alegres y sin traumas. Sus padres vivos, con todo lo que ello encierra. Frente a ella un horizonte de tranquilidad envidiable. Sin embargo algo le falta, algo que rompa la asfixia de esa mañana. El espejo del vestíbulo desencadenará el episodio.

**

Al regresar del silencio, doblada sobre él le preguntó de nuevo:

—¿De verdad lo piensas?

—Si tú lo deseas.

**

7

Si el tiempo objetivo rigiera nuestra vida, ésta sería un fastidio. Cada minuto pesaría en nuestra memoria igual. Cada hora sería gemela de la anterior, cada día tendría el mismo gramaje que otro. La idea de intensidad no existiría. No podría haber un minuto más intenso que otro. Pero por fortuna el asunto no es así. Todos sabemos que hay días de 24 horas, meses de 31 días y años vacíos de contenido. Pero también están allí momentos brevísimos que nos troquelan. Con frecuencia se les denomina instantes.

Una mirada de amor dura un instante que lo dice todo. Igual un accidente ocurre en un instante y todo lo cambia. Nadie escapa al tiempo objetivo, los años pasan, nos volvemos más viejos, nos salen canas, caminamos inexorablemente a la muerte.

Pero también es cierto que tenemos breves fugas: esos momentos que nos hacen sentir inmortales o simplemente que la vida ha valido la pena. El tiempo lineal se quiebra por esos instantes que parecen no tener medida. Julián lo sabe desde los doce años. Julián era un niño muy inquieto. Probablemente era también hiperactivo, pero en aquel entonces no se les llamaba así; simplemente se decía que eran muy traviesos. La relación con su padre era fantástica, o por lo menos así lo recuerda Julián. Jugaban lucha libre en la cama y su padre lo trenzaba entre sus piernas; después los cojines volaban, para la furia de la madre. El sábado por la noche llegaba la gran fiesta. Consistía en comprar un pollo rostizado, un pay de limón y quedarse dormidos frente a un televisor blanco y negro que transmitía alguna vieja película que por supuesto Julián no entendía. Poco importaba, para él esos eran momentos grandiosos. Su padre era hijo de catalán. Se llamaba Miguel Esteve y era un hombre de vitalidad notable. Los domingos llevaba a Julián a una de las pocas abarroterías en la ciudad con productos de importación, que por cierto también era de españoles. Se llamaba La Puerta del Sol y estaba en una delgada cuchilla donde años después se asentaría un establecimiento de vinos y licores, también de españoles, con todas las tentaciones alcohólicas del mundo. Cuando Julián era niño la ciudad era muy diferente, era otro país, y conseguir una lata de angulas en aceite o una botella de vino importado era toda una hazaña. Allá iban Julián y su padre con la sensación de aventura, a ver qué conseguimos hoy, decía su padre con tono firme y seguro de salir airoso de la expedición. Miguel Esteve buscaba en la estantería, comparaba precios, presionaba las latas para comprobar que no estuvieran infladas. Julián lo ayudaba en aquella excursión punitiva de la que su padre era el invencible general. Pero también había ocasiones en que no hallaban nada interesante en la estantería. La decepción era profunda. Regresaban caminando a casa, apesadumbrados por el fracaso.

Miguel Esteve era un constructor sujeto a los típicos vaivenes de su actividad; Julián hoy lo comprende. Nunca sacó el título de ingeniero, aunque todo mundo le decía ingeniero Esteve, asunto que a Julián le impresionaba. Cuando Julián se enteró de que el papel universitario nunca había existido, algo de sombra cayó sobre la memoria de su padre. Era una sombra pequeña en una serie de recuerdos luminosos. A Miguel Esteve la vida le había impedido terminar los estudios. Por eso el ingeniero Esteve tenía que recurrir a un socio que firmaba como responsable de las obras. Ese recuerdo Julián lo tiene guardado, es una duda que nunca podrá resolver. Por qué no rechazaba el título de ingeniero Esteve, se ha preguntado Julián mil veces. Pero quizá ese asunto sólo sea importante para Julián. La respuesta nunca vino de labios de su padre. Julián nunca lo preguntó.

Pero lo que Julián no olvida es la forma de festejar de su padre. Cuando el viento soplaba a favor, cuando algún contrato caía en sus manos, Miguel Esteve de inmediato organizaba espléndidas comilonas. El pequeño jardín de su casa, que Julián recuerda enorme y vigilado por una generosa mimosa, era el escenario. Casi siempre se ofrecía paella que el propio Miguel guisaba afanosamente durante horas. Julián rondaba el gran sartén trayendo los ingredientes: camarones, carne de puerco y al final unos bichos raros que no sabía si odiar o amar, eran langostinos y siempre eran pocos. A él no le tocaban. A la ciudad todavía la visitaban esos días luminosos que habrían de perderse por la contaminación.

Uno de esos domingos salieron a andar en bicicleta, fueron al parque donde está el monumento al caudillo, allí donde se exhibió por décadas el horrendo brazo perdido en la batalla. Julián lo recuerda en un frasco; las venas y la carne se salían por debajo de una piel blancuzca. Lo vio una vez y lo invadió un vértigo. Después todo había sido normal: una comida en casa con botanas abundantes, panes rociados de aceite de oliva caliente con algo de jitomate mezclado. Los invitados eran una vieja pareja de amigos. Al final de la tarde de ese día claro de octubre, Julián insistió en volver a salir al parque a andar en bicicleta. Miguel Esteve había bebido vino, había reído y hecho reír. Por fin llegó el gran momento de Julián, el mayor de sus privilegios: estar solo con su padre. Los truenos se mecían y los grandes fresnos tiraban su hoja. El parque en su mejor momento, fresco y con luz. Miguel Esteve propuso una carrera: Julián quería ganarle de verdad, sin concesiones evidentes por parte del padre. Los dos pedalearon al máximo de sus posibilidades. De pronto el padre cayó al piso. Julián se detuvo y regresó corriendo. Nunca lo pudo despertar. Es un instante que no olvida.

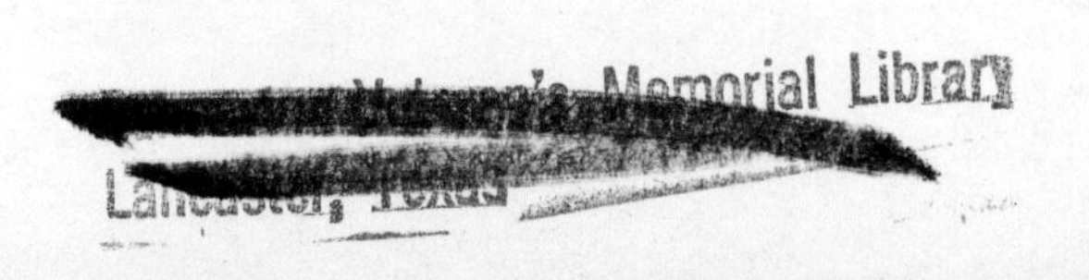

8

Fue la primera vez. Eran muy jóvenes. Llegaron a un hotel solitario. La habitación veía a una generosa terraza que miraba a una cadena de montañas lejanas. Mariana salió en bikini a asolearse. El sol caía inclemente. Se puso un sombrero sobre el rostro y cruzó los brazos por detrás de la nuca. Él la miró entera y bella. Julián fue por la cámara. Comenzó a capturarla. Ella dormitaba y tardó en registrar el insistente click. Julián se aproximó y le quitó la prenda superior. Ella se negó al principio, después accedió sin dejar de poner cierta resistencia. Finalmente se rió con pena. Él le pidió que posara en distintas posiciones. Ella trataba de ocultar lo esencial hasta que fue derrotada por el juego. El gozo se apoderó de ambos. Julián la desnudó totalmente. El sombrero y el barro acompañaron la sesión. El sudor hizo su trabajo. Se creían solos. Se equivocaron. A lo lejos dos hombres miraban la escena sin perder detalle. En cuanto se percataron, Mariana salió corriendo hacia la habitación. Julián la siguió. El furor se instaló en aquella habitación: los llevó al lavabo, a la regadera, contra la pared y finalmente al piso. Fue único. Ese territorio había sido descubierto. Pasan los años y ambos lo recuerdan con una sonrisa en la boca.

**

Mujer, joven, toda de blanco. Es manca.

**

9

Pocos asuntos tan intrigantes como la repetición. Repetitivo, decimos condenando. Los viejos repiten las mismas anécdotas, las mismas conocidas historias y los jóvenes se sublevan. Ocurre también al revés. ¡Qué música más repetitiva!, reclaman los viejos a los jóvenes. A ese restaurante ya no, hemos ido muchas veces, por qué repetir. Las críticas señalan esa necesidad invencible de ir a algo nuevo. Sabemos que la rutina mata. Es curioso porque al mismo tiempo vivimos de la repetición sistemática. Un corazón que emite infalible sus latidos es una fortuna tal que simplemente la olvidamos. Cuando el traicionero nos falla y su latido no llega a tiempo o simplemente se sale de ritmo, nuestra vida se colapsa. Los marcapasos son precisamente un mecanismo para devolverle su carácter repetitivo y aburrido al corazón. Nada deseamos menos que un corazón que no cumpla su rutina. Para esa parte de nuestra vida no queremos diversión.

Pero de esas rutinas salvadoras no hablamos. Somos en cambio muy críticos de las otras rutinas que nos acaban. Cuando las temporadas de trabajo se prolongan sin alteraciones, nos cae encima esa sensación de hartazgo. También sucede con las vacaciones. Nos cansamos hasta de descansar de la misma manera, en el mismo tono. Por eso festejamos el arribo de las estaciones. De forma casi imperceptible, pero sin concesiones, el cambio se impone. Huimos de la monotonía, aborrecemos la repetición pero, de nuevo, la vida misma es repetición. Por qué tienen los seres humanos esa manía de buscarse parejas si no es para estar con esa otra persona una y otra y otra vez; es decir, para repetir. De hecho en la repetición se encierra el ritual de cada quién.

Pero aquel miércoles Mariana se sintió prisionera de sus propios rituales. Estaba aburrida de su bienestar sin mayores altibajos, aburrida de la perfección, del orden que ella en parte había creado, estaba aburrida de sus hijos, quién lo diría, de Julián y también de sí misma. Esa es la peor de las aburriciones, la más creativa pero la más peligrosa.

**

La sonrisa es inocente. El niño asoma por la atarjea.

**

10

Por lo visto los calendarios no son del todo confiables. Por eso se sustituyen uno al otro. Podría argumentarse y con razón que el gregoriano fue más preciso que el juliano, que el trópico es más preciso que el gregoriano, que el sidéreo es más preciso que el trópico, que el atómico es más preciso que el sidéreo, etcétera. Sin embargo, nada nos garantiza que no surja un nuevo instrumento de medición. Sería ingenuo pretender que hemos llegado al final de la lista. Ese tiempo objetivo, preciso, es una ilusión recurrente. ¿Por qué? ¿Qué buscamos en el fondo?

Por supuesto que nuestra ubicación en el espacio es importante. Pero no conozco a nadie que haya perdido el sueño al enterarse del alejamiento sistemático de los astros y cuerpos celestes, si es que esto se comprueba. Seguramente por allí deben andar algunos astrónomos insomnes, pero no son como el común de los mortales. También es cierto que esa colocación de los cuerpos celestes es el eje de la astrología. Si Marte o Saturno se cruzan... Algo de verdad posee esa interpretación aunque la ciencia no haya logrado explicar el fenómeno. Seguro es un aries, suelta alguien en una sobremesa: dominante, rudo... y lanza una retahíla de calificativos. Enseguida otro comensal asiente. Para los que creen que su destino depende de la situación astral el asunto se complica: "Astrónomos dijeron, afirma una nota enviada por la NASA, que el planeta más viejo y distante de nuestro universo es una gran esfera gaseosa de 13,000 millones de años de antigüedad situada a 5,600 años luz de distancia." ¿Cómo afecta esto la lectura astrológica? Sólo en los años recientes se han descubierto 107 nuevos planetas. Los alineamientos planetarios y sus posibles permutas se multiplican día con día. Los astrólogos van a necesitar de potentes computadoras para hacer sus pronósticos. Pero para los creyentes en la astrología, lo determinante es la posición de los astros, no el nombre que le damos al tiempo, ni el arribo sistemático a ciertas fechas. No pelean por calendarios. Son asuntos muy diferentes. La monotonía que agobia a Mariana parece producto de cuestiones terrenales. Más que su localización celeste, le angustia el tiempo. Su calendario está vacío.

11

Algo hubo aquel miércoles que provocó la explosión de Mariana. Hace años que se pone un par de tapones de cera para dormir. El motivo es el ronquidillo de Julián, que ha ido en aumento. Al principio se resistió a utilizarlos, tenía miedo de que alguno de sus hijos tuviese una mala noche sin que ella se percatara. Pero un día durmió tan mal junto a un exhausto y ruidoso Julián que ni siquiera el despertador escuchó. Los niños llegaron tarde a la escuela, un pequeño caos. A partir de ese día se convenció de que tenía que dormir bien al menos siete horas. Con el tiempo los tapones han vuelto su oído cada vez más sensible. Ella no lo sabe y de poco le serviría saberlo. Vayamos de regreso a la cocina aquel miércoles.

Mariana está parada sola, enfundada en sus pants color mostaza. Espera que el té se enfríe. De pronto el reloj del antecomedor y el de la entrada caen de nuevo en esa intrigante persecución mutua. Sólo ella con su oído hipersensible se percata de esa interminable carrera de locos. Una fracción de segundo separa los tic-tacs. Bien a bien es imposible saber cuál va primero. Una sensación de impotencia la invade. Siente que el tiempo la cruza. Por primera ocasión registra su existencia como una cuenta regresiva. Ocurrió en un instante y alteró toda su visión de la vida. Cada día le quedaba menos tiempo. Una desesperación incontrolable la recorre de la cabeza a los pies, como un escalofrío. Está sola, ni siquiera puede intentar una explicación de lo que está viviendo. Esto no puede ser todo. Debe haber algo más, ¿dónde están las cimas de la vida? La planicie la horroriza. Todo tiende a ser igual: administrar la semana entre prisas y cansancios, también los gozos y los enojos tienen que caber en la inquebrantable rutina. Para nada hay demasiado tiempo. Los segunderos no se detienen, uno tras otro atormentan a Mariana. Los fines de semana, la fórmula habitual de romper la rutina del trabajo, ¡también ya son rutina! Incluso cuando Julián dice con ímpetu: "hagamos algo distinto", lo distinto es ir al teatro los cuatro o comer algo estrambótico; aventuras que, tocadas por la repetición, dejan de serlo. Todo tiende a ser atrapado por esa sensación de ser lo mismo. Lo mismo no es malo, es simplemente lo mismo. Mariana decide romper el silencio que convierte a los relojes en sus torturadores. Da un sorbo al té, consciente de su prisión.

¿Tomó ese día la decisión? ¿La tomó en ese preciso instante? O quizá la decisión la tomó a ella. Nunca lo sabremos.

12

"Por qué decir que Copland es un gran compositor estadounidense. Es simplemente un gran compositor." La expresión se le atribuye a Stravinsky y sin duda señala una injusticia cometida en contra de Copland. Todo mundo lo recuerda por *Appalachian Springs* o por sus primeras composiciones, en las cuales trató de encontrar el "sonido americano". Pero Copland fue mucho más allá, como lo muestran sus *Variaciones* para piano. Pocos recuerdan también su actividad como divulgador de la música.

Copland escribió un texto de apreciación musical, *What to Listen for in Music*, que se ha convertido en clásico. Para crear la sensación de equilibrio formal, dice Copland, en música se utiliza un principio importantísimo: la repetición. El otro gran principio es la no-repetición. Copland enumera cinco tipos de repeticiones desde la exacta hasta el tratamiento fugado. Lo mismo pero a la vez otro.

Es curiosa la interpretación de Copland: en la repetición se encuentra una fórmula para llegar al equilibrio. La vida toda parecería girar en torno a aparentes repeticiones. El día y la noche, amaneceres y anocheceres, las estaciones. Allí está la idea de ciclo, de círculo, que irremediablemente se agota, idea que ronda al ser humano. Pero los ciclos se eclipsan precisamente para llegar después a un renacimiento. Iniciar un nuevo ciclo es empezar esa ficción que nos permite creer que todo está allí igual que antes. Por eso Mariana y Julián elevaron sus copas, dijeron salud y pensaron que ese año sería diferente; "estaré más tiempo con los niños", cruzó por la mente de ella, "me iré temprano del despacho". Este año dejaré que la imaginación me lleve, seré más arriesgada, convenceré a los clientes, todo eso pasó por la mente de la arquitecta Mariana Gonzalbo. En silencio repasó su listado de promesas: nunca desesperar con sus hijos, apoyar más a sus padres, mantenerse en forma. No era la primera ocasión en que se recordaba a sí misma algunos deberes. De hecho lo hacía cada año. Por su lado, Julián no daba demasiada importancia a ese ritual. Tenía sus propias formas de festejo. Abrazó con emoción a Bibiana, convertida en una jovencita, y algo le dijo al oído. Fue un abrazo largo e intransferible, único. Al final ambos tenían los ojos llorosos. Lo que vivían era intenso. Definitivamente, Mariana y Julián miraban los ciclos de manera diferente. Sus calendarios eran otros.

Mariana ya no era la misma de uno o dos o cinco años atrás. El dejo de tristeza que Julián no quiso reconocer en la mirada de Mariana aquella noche provenía de su encuentro cotidiano con el espejo y su visita al doctor San Martín. Mariana sabría desde entonces que, a pesar de los ciclos, nunca se retorna al mismo sitio. Mariana es capricornio, celebra su cumpleaños dos semanas después de año nuevo, el catorce de enero. De tal manera que cada brindis de San Silvestre ella tiene la mente puesta en el próximo encuentro festivo: su cumpleaños, el reconocimiento invariable de que el tiempo transcurre en ella. Julián es géminis. En año nuevo no piensa en su cumpleaños. Por eso cae más fácilmente en la ficción del ciclo, se deja ir con ilusiones que le llenan los ojos de chispas. Ese día Mariana brindó por el ciclo, hizo el amor con Julián, pero quizá por primera vez en su vida estuvo consciente del engaño. Iba, sin retorno, a un destino que no le agradaba: la madurez y después la vejez.

13

El asunto de los ciclos es verdaderamente fascinante. Hay algunos muy evidentes, noche y día, las estaciones. Sin embargo hay otros más sutiles que también nos envuelven. En las grandes ciudades la luna ha perdido su presencia. Cuando más una gran luna llena en verano, naranja, enorme en el horizonte, puede llamar la atención de los transeúntes, pero es algo esporádico. Allí las lunas nuevas o novilunios pasan por lo general desapercibidos. No es así en las zonas rurales, donde la población campesina, la tradicional, relaciona los ciclos lunares con el éxito de las cosechas. Pero hasta allí llega la popularidad de los ciclos. Nadie comenta, por ejemplo, los 19 años necesarios para que los novilunios vuelvan a ocurrir el mismo día del año con una diferencia de sólo hora y media. El calendario juliano establecía 28 años como el periodo necesario para que los días de la semana cayesen en la misma fecha. Eso sí, en ocasiones al prender el televisor nos enteramos de algún eclipse lunar o quizá solar que no volverá a ocurrir en el mismo sitio sino cientos de años después. Entonces pensamos ese ya no me tocó vivirlo. Atrapados en los ciclos pequeños caminamos indiferentes a los que desconocemos.

Pero a Mariana le preocupan otro tipo de ciclos, otras repeticiones, algunas aparentes, otras reales. Como muchas personas, habla poco de ellos. Mariana es hija del doctor Benigno Gonzalbo, un médico militar retirado de 76 años de edad. Don Benigno dejó casi medio siglo de su vida en la seguridad social del país. La consulta privada la ejerció sólo hasta el final de su vida. Toda su energía se le entregó a “la Institución” como él dice. Por sus manos pasaron miles, quizá decenas de miles de personas, la mayoría de ellas provenientes de familias trabajadoras. Entre el médico y sus pacientes casi nunca se establecía ninguna relación. Cierta soledad acompaña al médico institucional. El doctor Gonzalbo es un buen hombre. ¿Nos cabe alguna duda? Es admirable en muchos sentidos. Sin embargo, don Benigno representa para Mariana el prototipo de lo que la rutina puede hacer en una persona. Todo eso cayó sobre Mariana aquel miércoles por la mañana. ¿Repetir? No, se dijo en silencio.

**

El trapecista vuela. En el rostro hay gozo.

**

14

Muy querido y respetado en su momento, don Benigno estaba llamado, sin embargo, a perderse en el triste ocaso del olvido. Ya como jubilado, sus escasos ingresos lo obligaron a dar consulta particular. Allí, junto a su casa, en un espacio pequeñísimo y repleto de muestras de medicamentos, el doctor Gonzalbo recibe igual a señoras poderosas que saben de lo acertado de sus diagnósticos, que a pobres que desean pagarle con pollos o fiestas. Pero, sobre todo, don Benigno atiende a personas que lo conocieron durante su estancia en "la Institución". Unos gruesos anteojos de pasta negra enmarcan sus ojos café oscuro debajo de una respetable cabellera blanca. El doctor Gonzalbo tiene un problema: no sabe cobrar. Durante medio siglo recibió un sueldo por hacer su trabajo y ahora cuando su boca tiene que pronunciar la miseria que cobra por consulta, la voz le tiembla y casi se avergüenza. Don Benigno nació para curar, no para cobrar.

Mariana se enorgullece de su padre a quien besa en la frente con cariño. Su orgullo también es real. Hasta allí todo es una historia de nobleza. Pero como siempre, hay otro lado; ese lo cuenta doña Sofía, su madre. Poco menor que don Benigno, Sofía Valdivieso proviene de una familia de recursos venida a menos. Los estragos de la edad han sido incapaces de ocultar la que debe haber sido una formidable belleza. En su tez blanca, invadida de arrugas, brincan dos esferas verdes que atrapan. Hoy enjuta, esta mujer tuvo un porte muy elegante. Caminaba con el mentón levantado, erguida y con gracia, pues bailó ballet de niña. Es una mujer que circuló por las grandes mesas de la ciudad. Sin embargo Sofía Valdivieso no se enamoró de ningún galán de clase alta sino de aquel médico recién egresado de la facultad. Era alumno de un amigo de su padre, el doctor Andrade, un reconocido patólogo que los visitaba con frecuencia. ¿Por qué fue así? ¿Puede el amor traer ingratitudes? Por supuesto. Amar a alguien no es garantía de felicidad. Es una gran debilidad que puede conducir a muchos puertos.

Un día tocaron a la puerta de la vieja casona afrancesada de los Valdivieso. La joven Sofía abrió la puerta. El doctor Andrade la saludó con cariño viejo y simplemente dijo: Benigno Gonzalbo, un colega con mucho futuro. Se miraron y una emoción extraña inundó a ambos jóvenes. No se dijeron nada. Quizá fue la expresión "mucho futuro" la que trastornó a Sofía Valdivieso. Quizá la simple mirada. Cómo saberlo. Serio y muy formal, Benigno Gonzalbo tuvo fácil entrada a casa de los Valdivieso. Para entonces ya trabajaba en el Hospital General y hacía sus pinitos como profesor. Sofía se sintió muy protegida con él, era como estar en su propia casa. En menos de un año se comprometerían, todo dentro de las reglas. Pocos meses después sería la gran boda, el máximo suceso en la vida de Sofía. Allí comenzó una historia de abnegación que, como ideal franciscano suena muy bien, pero como verdad cotidiana le amargó la existencia a la joven y ambiciosa mujer.

El doctor Gonzalbo llegaba a "la Institución" todas las mañanas a las 7:45 con puntualidad inquebrantable. Al medio día regresaba apresurado a comer cualquier alimento, entre más sencillo mejor; un caldo de pollo con arroz era ideal para estar ligero. Dormía una siesta de estrictos veinte minutos y regresaba a consulta. Cuando la ciudad sufrió los embates de la modernidad y del gran desorden vial, don Benigno se resignó a la comida de la clínica, lo cual eliminó la posibilidad de su breve siesta. Cansado, aparecía temprano en las noches sin fuerzas para nada más que tomar un vaso de leche, quizá un poco de fruta e ir de inmediato a la cama. La vida social estaba limitada a cuando más una comida el sábado, puesto que el domingo era día familiar con olor a obligación.

La casa que Sofía recibiera como dote y los muebles que la acompañaron, también producto de los regalos de boda de los ricos amigos de sus padres, entraron en un deterioro incorregible. El magro salario del respetado doctor lo explicaba todo. Retapizar un sillón o cambiar una lámpara por algo de moda eran asuntos para los cuales don Benigno no tenía mente ni entusiasmo. Su misión era otra. Bautizos, quince años, bodas y demás festejos que entusiasmaban a doña Sofía eran verdaderos martirios para el médico, que movía los pies como anclas durante el baile y a quien molestaba la música estruendosa. Su plática se limitaba a enlistar las nuevas enfermedades que aquejaban a sus pacientes. Digamos que el doctor Gonzalbo gozaba de muchas cualidades, pero el encanto no era una de ellas. Su capacidad de trabajo se fincaba en la rutina no sujeta a ruegos. Rutina y repetición que hicieron de la vida de los Gonzalbo algo encomiable, admirable, pero también la volvieron casi una monástica y odiosa. Sofía Valdivieso no estaba hecha para ello.

Mariana no quería repetir esa historia. De eso sí estaba segura.

15

Estaban en Nueva York. Era verano. Frente al hotel en la calle cuarenta se construía un nuevo edificio. Mariana fue a la regadera. Julián permaneció leyendo. Le hizo falta luz y sin pensarlo abrió las cortinas. Se perdió en su lectura. Mariana salió desnuda, estaba envuelta en el calor del baño, se sentó frente al espejo a cepillarse el cabello. Poco después, unos silbidos se escucharon a lo lejos. No hicieron caso. Mariana miró por la ventana a unos ocho hombres con cascos y colgados de los andamios que la miraban excitados. Trató de cubrirse y lanzó a Julián un "cierra la cortina" lleno de desesperación. Él entendió de lo que se trataba e iba a levantarse, pero le dijo ve tú, que te gocen entera. Mariana se molestó y pataleó con enojo. Permaneció en silencio. De pronto se levantó y fue lentamente a la ventana para dejarse ver. Lo gozó. Cerró los visillos con calma y oyó gritos de tristeza. Miró a Julián y la pasión los atrapó.

16

Mariana sabe del dolor insuperable de Julián. Él le ha contado la historia un par de veces con la voz quebrada y los ojos llorosos. Siempre evade el instante final y con rapidez habla de lo que suponen ocurrió: un ataque fulminante. Su dieta era pésima debido a las grasas; poco se decía al respecto en aquel entonces y por supuesto no hacía nada de ejercicio. Tenía cuarenta y cinco años, era demasiado joven para resistir un infarto. Miguel Esteve murió jubiloso en un instante. La vida de Julián Esteve cambió también en un instante. Quizá por eso Julián vive pensando en los instantes, cree en ellos, son la razón de ser de su vida. Aunque nunca lo ha formulado racionalmente, Julián vive imaginando instantes de horror de los cuales huye. En contraste, todos los días de su vida trabaja para lograr esos instantes que lo hacen sentir vivo y feliz.

En su memoria no sólo está ese instante trágico. Hay muchos otros gratos y emocionantes. Julián recuerda también instantes de plenitud y eso lo mantiene vivo. Algunos son muy simples pero igual de grandiosos. Un sábado, después de ir con Mariana y los niños a comprar una silla para su escritorio, se detuvieron a comer una nieve. El buen humor los había invadido, habían reído y guaseado entre ellos. Mariana había reprimido sus impulsos de madre educadora. Cero reprimendas en toda la mañana. A Julián le iba bien. Tenía varias encomiendas, una de ellas del *New York Times*. Se sentaron en una banca y cada quien habló espontáneamente sobre su cono. Julián los miró. Después, en silencio, pensó: "Los cuatro estamos sanos, los cuatro queremos estar juntos. Qué guapa está Mariana. Qué rica está la nieve. Esto es la vida y es muy buena. No hay mucho más que esto." Volvió la mirada y los vio por segunda vez. Puso su mano sobre la pierna de Mariana, quien, sin mirarlo, no acertó a imaginar lo que ocurría en la mente de Julián.

Mariana intuye el dolor de Julián pero no conoce la profundidad de la herida. Ella ha contado con su padre toda la vida. De ese instante Mariana intuye su profundidad, sólo eso. Lo que tampoco sabe Mariana es que en la memoria de Julián hay guardados recuerdos de otros instantes terribles.

La relación entre Miguel Esteve y su esposa Arcadia Vélez era pésima. Julián ahora lo ve con claridad. Antes recordaba instantes, gritos que lo hacían huir a su dormitorio. Su padre levantándose de la mesa después de alejar el plato con comida pendiente. Miradas furiosas seguidas de la advertencia: "ahora no". Pero hay un instante que no le ha contado ni siquiera a Mariana. Es de noche. Hay de nuevo gritos. Su padre camina lloroso y jadeando hacia el baúl. Julián observa desde la oscuridad de su recámara. Miguel Esteve abre el baúl y saca una pistola. La pone sobre su sien. A Julián lo asalta el horror, tiene diez años. Sale corriendo: "no, no, no, no", le grita. Terminan abrazados llorando. Quizá, después de la muerte de su padre, ese es el instante más doloroso en la memoria de Julián. Recordarlo simplemente le hace bajar la mirada. Nadie sabe de él. Miguel Esteve, Mike para sus amigos, era alegría destilada. Pero ese mismo impulso vital lo llevaba a rebelarse en contra de la tristeza por sistema, de la incapacidad de goce de su mujer. Vivir así no valía la pena. Eso piensa Julián ahora. Arcadia Vélez era muy religiosa. ¿Por qué la religión lleva a muchos a perder la alegría? Mariana sabe que Julián guarda un sentimiento encontrado sobre su madre. Ella le restaba vida a Miguel Esteve, ella estropeaba siempre los momentos de fiesta. Su creciente religiosidad, acentuada desde la viudez, hacía que en todo momento recordara la pena como objetivo de vida. Un día, mientras le cortaban el cabello, Julián leyó en una revista frívola una frase de Franz Kafka: "En tu lucha contra el resto del mundo, te aconsejo que te pongas del lado del resto del mundo." Pensó que su madre debió de haberla leído hacía muchos años. Una sonrisa se apoderó de sus labios.

**

Un hombre se prueba un sombrero. Mira a la cámara y sonríe con picardía.

**

17

Lo amargo es un sabor que penetra sin pedir permiso y que a muchos les desagrada. Por eso se maneja con cautela. Frente a las dulces, las bebidas amargas son muy escasas. El amargo de Angostura se sirve en gotas. Rara vez la toronja es el sabor central, normalmente se endulza. Las cáscaras de toronja se glasean. El chocolate amargo termina por endulzarse. La berenjena casi nunca va sola. A los hígados de pollo se les retira la hiel, pues su amargor puede arruinar todo el platillo. Es curioso cómo identificamos amargor y amargura como lo mismo. Pero la amargura va más allá: es tristeza, frustración y resentimiento. La vida tiene una dosis amarga que todos debemos digerir; el problema es cuando el sabor de esa dosis se apodera de nosotros y entonces no hay rincón que permanezca intocado; no hay hombre o mujer guapos, corbata bonita o comida sabrosa. Eso le pasó a doña Sofía. Se convirtió en una fuente de amargura inagotable. Todo empezó a estar mal. Su casa le disgustaba, odiaba "la Institución", nunca estrenaba ropa y cuando lo hacía se pasaba maldiciendo la pequeña costura que le raspaba. Los restaurantes siempre eran imperfectos, el servicio pésimo, le hablaba mal a los meseros, se quejaba de que la sopa estaba fría y el helado demasiado suave; se convirtió en un ser verdaderamente insufrible.

Don Benigno, después de intentar cierto diálogo racional, optó por el silencio. Ella nunca le reconocía sus méritos, nunca una palabra dulce o de cariño, llegaba a todas partes a poner la nota amarga. Por eso la gente empezó a huirles. Él, que no hablaba y ella, que estaba amargada hasta el tuétano, eran una combinación fatal. Además, el doctor se levantaba todos los días a las 5:30 y ya podrá el lector imaginar los ojos de cansancio que llevaba en cualquier cena. Don Benigno escapaba de doña Sofía regresando a su rutina. Adiós Sofía, le decía en silencio. Ya me voy a mi clínica a curar pacientes.

¿Qué puede haber mejor? ¿Qué fue de la pareja de jóvenes guapos y prometedores? La vida los atrapó. ¿A quién reclamarle?

Pero ¿a qué le teme en el fondo Mariana? No quiere ser Sofía Valdivieso, amargada a los setenta. Ese es el miedo mayor. Doña Sofía sólo aparece en su memoria parada junto a don Benigno. Por más que Mariana lo niegue, tampoco quiere como esposo a un Benigno: noble, trabajador, médico generoso, filántropo, la verdadera encarnación de un santo, buen padre; cumplido en todo, un estereotipo de la bondad y el trabajo. Pero ¿por qué no desear a alguien así como esposo, como compañero en la vida? A pesar del beso dominguero de Mariana sobre la frente del padre, algo en el fondo está torcido en la relación de ellos. Pero entonces, ¿es doña Sofía la víctima? No, la amargura es en buena medida de su propia cosecha. Mariana no quiere mirar hacia arriba porque sus padres la incomodan. Todo habla de un matrimonio formalmente bien avenido. Honestos y trabajadores, educaron a sus hijos a la perfección. En la casa nunca faltó nada, nunca hubo lujos, la función de proveedor se cumplió. Y, sin embargo, Mariana rechaza esa fórmula, le causa horror. Si todo es armonía, ¿por qué Mariana quiere huir de la imagen de esa mujer, de su madre? Pero Mariana sí quiso casarse y hacerlo con un buen hombre, trabajador, buen esposo, buen padre. ¿Dónde está el problema? ¿Repetición exacta o repetición con fuga? ¿Por qué no? Sin embargo, la total armonía como futuro impuesto altera a Mariana.

18

Aburrimiento y tedio son esa sensación de ya conocer la historia de principio a fin, de que no hay sorpresas en el camino. Un día se nos confunde con el anterior y eso nos lleva a suponer que el próximo será igual. Pero no sólo suponemos, estamos ciertos de que será igual. De pronto la vida misma deja de tener sentido. *Langeweile*, se dice en alemán. Todo se hace largo, es como estar en la sala de espera pero nunca cruzar el umbral. Quizá por eso nos interesan tanto las historias de los otros, las novelas que llegan a contarnos precisamente esas novedades que rompen con la monotonía. Simplemente saber de las historias ajenas nos saca de la propia y nos hace vivir otra vida. Si a eso se le agregan buenos diálogos, close ups, rostros imborrables, buenos actores, acción, colores, música de fondo con violines y sonido dolby, pues simplemente estamos ante una de las mejores cosas que le pueden a uno ocurrir en la vida.

Adiós, decimos, me voy de viaje, abrimos nuestra novela y nos transportamos lejos: al Orinoco con Carpentier o a Yoknapatawpha con Faulkner o a Macondo con García Márquez. Es como ese instante maravilloso en que comienza la función en el cine: vemos aparecer un león rugiendo y por el tratamiento de los créditos, de las letras, de los ritmos, nos damos cuenta de que la película promete. La novela que llevamos bajo el brazo o el boleto que compramos para el teatro o los CDs son en realidad pasajes de un viaje que rompe la monotonía. Estamos dispuestos a todo: a que los búfalos nos persigan; a hundirnos en un submarino lleno de tubos y válvulas mientras las cargas de profundidad acechan; a meternos en las intrigas de Wall Street; a sufrir en un campo de concentración o en una prisión; o a penetrar en una selva llena de víboras y lagartos, lo que sea que nos saque de nuestra historia. ¡Por algo la industria de la diversión es tan próspera! Desde los trovadores, juglares y heraldos a las teleseries o a la producción de Hollywood; a final de cuentas la obsesión es la misma: contar historias para inventar nuevas vidas. Vivir algo diferente que rompa el mono-tono de nuestra vida. ¿Padecen los pobres de aburrimiento crónico?: por supuesto que sí, pero sus largas jornadas de trabajo, de transporte, sus interminables horas frente a la banda de producción o lavando platos, o lo que sea, les quitan tanta fuerza que difícilmente expresan su aburrimiento. No pueden romper con todo porque no comerían. Es como la depresión. Hasta para deprimirse se necesita tiempo y por eso es un lujo.

El problema de Mariana es que tiene el tiempo de expresar que está aburrida y desea hacerlo. Pero no quiere herir a Julián, y menos a sus hijos. Nada malo le han hecho. Su bondad no es el problema, pero tampoco la solución. Con ellos en plenitud, ella sigue estando aburrida. Entre más organiza su vida, más aburrida está. Decidió no trabajar mientras sus hijos fueran pequeños. Julián estuvo de acuerdo, aunque el ingreso económico de ella hizo falta. La fotografía de calidad y la abundancia de dineros no siempre van de la mano. Pero eso se acabó hace tiempo. Mariana ahora trabaja, y a pesar de altibajos inevitables le va bien. La vida le ha dado el privilegio de ser madre muy joven y poder ver a sus hijos encaminarse. Esa emoción comienza a ser habitual. Tiene que haber algo más. Ser buena hija, buena esposa, buena madre, buena profesionista no le basta. Mariana quiere una historia para sí misma.

19

Do - sol - la - mi - fa - do - fa - sol. Pachelbel se ha convertido en una de esas expresiones manidas. "¡Ah, el del *Canon!*" es casi siempre la reacción automática. Lo correcto de la respuesta no quita la ligereza. Con frecuencia nos toparemos con alguien que tararee la conocida secuencia. Do - sol - la... Pero ¿qué hay detrás de esas populares ocho notas? Nacido en Alemania en 1653, Pachelbel, Johann de primer nombre, comenzó sus estudios musicales con sus maestros Schwemmer y Wecker. Su familia carecía de los recursos para mantenerlo exclusivamente dedicado a la música. El niño Pachelbel alternó entonces con trabajos diferentes para allegarse dinero. A pesar de todo, su vocación musical se impondría lentamente.

A los 16 años entró a la Universidad de Altdorf, donde además de estudiar se desempeñó como organista de la Lorenzkirche. Las presiones económicas lo obligaron a salirse de Altdorf, aunque continuó con clases privadas. Por fin, en 1673 logra una designación como *deputy organist* en la St. Stephens Cathedral de Viena. Su vida daría así un giro sorprendente. El éxito y la fama merodean. De Viena se iría a Türingen, a la corte de Eisenach. Allí trabó amistad con uno de los músicos más prominentes de la época, Johann Ambrosius. En 1678, Johann

Pachelbel obtiene una de las posiciones que conservaría de por vida: fue organista de la Protestanten Predigerkirche en Erfurt. Es allí donde logrará una gran reputación como organista, compositor y maestro. Quizá por ello su amigo Johann Ambrosius le pidió que le diera clase a su hijo mayor, Johann Christoph. Llegan la tragedia y la luz. Al morir Johann Ambrosius, Johann Christoph fue el encargado de educar musicalmente a su hermano menor. ¡Son demasiados Johanns y todavía falta uno! ¿Sería por ese vericueto, entre otros, que Pachelbel tendría un impacto fantástico sobre la música y sobre nuestras vidas? Por cierto, el hermano menor de Johann Christoph también se llamaba Johann, Johann Sebastian, Johann Sebastian Bach.

Pachelbel perdió a su primera esposa y a su primer hijo. Fue en Erfurt donde fundaría una nueva familia, sería extensa y daría lugar también a varios artistas. De sus siete hijos, dos se convirtieron en organistas reconocidos. Su primogénito lo reemplazaría en Nüremberg, donde permanecería 39 años. Otro hijo se dedicaría a la fabricación de instrumentos y una hija más se convertiría en una pintora y grabadora muy conocida. Pachelbel saldría de Erfurt a buscar nuevos rumbos en la corte de Wuttemberg, en Stuttgart, de allí a Gotha donde por su gran prestigio sería designado como organista de la villa. Finalmente, la vida lo llevaría de regreso a Nüremberg, donde sustituiría a su fallecido maestro Wecker. Allí moriría también Pachelbel a los 52 años.

Nada se sabe sobre el contacto personal entre Pachelbel y Johann Sebastian Bach. Pachelbel era ya un músico consagrado cuando Bach apenas era un niño, niño genio, pero niño. Johann Sebastian nació con la primavera de 1685, el 21 de marzo. La música de Pachelbel era ya muy conocida y popular. Su primo, otro Johann, Gottfried Walther, es un eslabón imprescindible. Él sí estudió con alumnos del gran maestro Pachelbel y posteriormente con su hijo. La otra gran figura era Dietrech Buxtehude, quien desde Lübeck iluminaba a la Europa central. Se dice que Johann Sebastián caminó trescientos kilómetros para conocer a Buxtehude. Él sería el mentor reconocido por Bach. A Pachelbel no había ni que nombrarlo, se topaba con él en todas partes, estaba incluso dentro de su casa a través de Johann Christoph. El gran arte de Pachelbel, sus variaciones corales, ya corrían por su sangre. Repetir para cambiar o viceversa, cambiar para poder repetir.

20

Mariana sabe que su madre es una amargada. Mariana sabe que Julián sabe que su madre es una amargada. Julián sabe que su madre tuvo un conflicto con el mundo, con la alegría. Julián sabe que Mariana sabe que su madre tuvo un conflicto con el mundo. Racionales, modernos e inteligentes, los dos descartan los determinismos pero a ambos, en lo más hondo de su conciencia, les pesa que ese sea el final femenino de su historia familiar. Se trata de una historia políticamente incorrecta. ¡El feminismo ha hecho su labor! Contra las correcciones sociales, la verdad fue esa. Ninguno de los dos puede hablar con generosidad de su madre. A Mariana ese asunto le incomoda en particular. Julián mejor guarda silencio. Lo han comentado algunas veces, pero pocas. Cierta superstición merodea al tema. ¿Habrá repetición? ¿Será bueno hablarlo o quizá mejor recurrir al silencio?

Mariana quiere quebrar esa historia. Como mujer moderna, al fin y al cabo lo quiere todo: ser buena esposa, madre, amante, hija, además de profesionista. Por si fuera poco, lleva su casa al dedillo: siempre hay flores frescas, los tapizados de los muebles nunca llegan a la vejez, todos los objetos están siempre en una relación armoniosa, como si estuvieran esperando que se inicie una plática. Mariana piensa que la vida debe ser estética. A ello dedica buena parte de su tiempo. Por las mañanas, después de hacer sus ejercicios, se baña con calma. Cepilla sus uñas, manos y pies con algo de obsesión. Tiene un cepillo francés especial, de cerda natural, para ese tratamiento. Ataca su piel con un estropajo que en teoría remueve las células muertas. Se seca frotando las toallas con cierta brusquedad. Una queda enrollada en la cabeza. La otra seca el cuerpo. Mariana se queda desnuda y comienza entonces un ritual casi invariable: untar muy diversas cremas, lo cual la lleva a recorrer con las manos todo su cuerpo.

Una crema especial para mantener los pies sin callosidades. Otra para las piernas, otra para sus glúteos y así asciende. Su tez es apiñonada. Su cuerpo está a punto de ser musculoso. Sus pechos son firmes, con forma de gota. Ese es el cuerpo que enloqueció a Julián. Ese es el cuerpo que Mariana quiere conservar para siempre. Imposible. Sin embargo todos los días, al final de la ceremonia, Mariana se mira al espejo, levanta los hombros, se revisa de pies a cabeza y se engaña, se dice que está igual. En el fondo sabe que no es así. Quiere creer en el engaño del ciclo renovador.

Mariana se viste con esmero. Nunca ha tenido demasiado dinero para guardarropa, así que desde adolescente aprendió a hacerse prendas, a conservarlas y guardarlas para ocasiones inesperadas. Combina su ropa muy bien y también a eso dedica tiempo. Los arquitectos se visten bien. A Julián siempre le ha llamado la atención observar cómo casi todos los días se prueba varias prendas, faldas cortas, blue jeans, blusas, tops y halters que con frecuencia usa sin brasier, hasta lograr la combinación perfecta. Julián, por su parte, va por la vida con una vestimenta uniforme: un pantalón cómodo de algodón, una camisa sin demasiada personalidad y alguna chamarra ligera. Rara vez piensa en lo que se pone. En ese ánimo estético de Mariana se encierra algo de peligroso perfeccionismo. La vida con Mariana es gozo cotidiano. Las sábanas que escoge siempre son de algodón muy suave, las colchas de su cama son de piqué español o provienen de Portugal. Para el desayuno utiliza una vajilla amarilla y fresca, diferente de la del mediodía o la elegante de noche. Lo fantástico es que esa forma de vida la logra sin demasiados recursos. Hábil y hasta astuta para las compras, Mariana se demuestra que se puede hacer mucho con poco.

En su casa paterna las cosas eran así; por lo menos durante su niñez. El problema allí fue que lentamente los dineros disminuyeron hasta el momento en que no alcanzaban ni para mantener al día un mínimo de decoro estético. Quizá por eso el tema le es tan sensible y no negociable frente a Julián. Buena parte de los ingresos profesionales de

Mariana, que son muy dignos, terminan en eso que no es moda sino una forma de hallarse en el mundo. En su vida nunca hubo abundancia, quizá por eso aborrece cualquier muestra de estrechez. Julián goza a esa mujer archifemenina que está convencida de que las toallas limpias deben raspar un poco y cuya nariz detecta de inmediato hedores pero también fragancias; por eso corta ramas del jardín o recoge vainas en las calles. Mariana prepara siempre sus propios arreglos de flores. Tempranera, se lanza a la Central de Abastos a comprar grandes porciones que llegan envueltas en papel y, por supuesto, el precio es lo mejor de todo. Son flores baratas que colocadas con orden y locura adquieren dimensiones estéticas insospechadas.

Mariana goza su vida así; la goza y la sufre porque la estética como consigna y forma de vida ha elevado su registro sensible. Disfruta con las yemas de los dedos, con sus pupilas que atrapan los colores de los muros o con un cuadro que bien puede ser una reproducción. Las ocasiones excepcionales en que por algún motivo ha ido a dar a un hotel de lujo sus sentidos se pasean sin pausa por todos los detalles. Hay, sin embargo, una sombra: el recuerdo de su madre convertida en una auténtica pesadilla. Aparece una escena en un pretencioso y caro restaurante al cual las había invitado don Benigno con un gran esfuerzo: cumplían 25 años de casados. Justo ese día su madre reclamó de mala forma que el pan no estaba suficientemente caliente, que el vino blanco tenía que estar más frío, que el pato nadaba en grasa, que el café transparentaba. Los meseros tuvieron ganas de desollarla. Mariana miraba hacia otro lado con pánico. Pero en su salvación acudió un poeta español, Luis Rius: "No se puede vivir como si la belleza no existiera." Eso la tranquiliza y piensa entonces que la estética es su profesión. Por eso la buscan tanto; sobre todo sus compañeros varones, que reconocen en ella una sensibilidad atípica.

Sabemos que Mariana ha obtenido casi todo lo que deseaba, y sin embargo algo le falta. Aquel miércoles de la crisis, después de caer presa de la persecución de los relojes, después de sorber su té, da unos pasos sin rumbo. Recordemos: tenía tiempo y no sabía en qué utilizarlo. Fue al vestíbulo a cerciorarse de que las llaves del auto estuvieran allí, sobre la mesa. De pronto quedó parada frente a su propia figura. Rara vez nos miramos como verdaderamente somos. Los espejos de los baños casi siempre nos muestran la mitad del cuerpo. La luz excesiva nos concentra en los detalles. Casi siempre nos miramos con el propósito concreto de acicalarnos. La mayoría de los varones siguiendo la consigna del messieur Guillette, rasurarnos. Las mujeres preparan su rostro para el mundo, para la armonía del cosmos, origen de la palabra cosmético. Mariana venía de hacer su ejercicio, llevaba el cabello recogido pero descuidado, sabía que nadie rondaba, por eso no se empeñó en su arreglo, de hecho no se hizo nada. Al mirarse en ese espejo, no el de todos los días, vertical junto al perchero, Mariana se topa con una imagen a la que no está acostumbrada. La juventud anuncia suavemente su retirada. Dos instantes intensos en una sola mañana. Es demasiado, primero los relojes persiguiéndola, después el golpe de mirarse a sí misma como víctima del tiempo. El enojo se apodera de ella.

21

Vaya trabajo el de Pachelbel. Padre de siete hijos, organista titular desde muy joven. Maestro por necesidad, prolijo compositor de música religiosa y, a la par, de música sacra. Muchas de las composiciones de Pachelbel se perdieron porque sólo se plasmaron en la tradición oral. Recordemos que en esa época la impresión con tipos de cobre era un proceso muy caro que reducía a los compradores potenciales de las partituras. Hay muchos rastros que indican que varias de sus obras más famosas y populares no sobrevivieron. El compositor del *Canon* sin duda trabajó arduamente.

Los ejercicios y variaciones corales marcaron su vida. Su primer golpe notable fueron los *Musikalische Sterbensgedanke* o *Pensamientos musicales sobre la muerte*, después vendrían sus seis sonatas, la *Música para el regocijo*, los *Ocho corales para preambular* y el *Hexacorde para Apolonio.* Su producción religiosa estaba pensada para un acto en conjunto entre los músicos, los coros y los asistentes a los servicios religiosos. Motetes, cantos espirituales, misas y magnificats son tan sólo una parte. En ellos la intención juguetona aparece una y otra vez.

Hay una suerte de ejercicio para los instrumentos y las voces. Juego o ejercicio donde la repetición es un elemento clave. Pero Pachelbel, sobre todo, es recordado por su producción de música para órgano, de la que se conocen alrededor de 250 obras, el doble que Buxtehude, quien era ya un autor muy prolijo.

Algo que hoy nos parecería muy extraño es que la música religiosa luterana tenía dos lugares como destinos finales: la iglesia y el hogar. Así que los compositores debían pensar igual en el festejo abierto del domingo que en las íntimas reuniones cotidianas alrededor del paterfamilias. Por eso los cantos debían ser lo suficientemente claros como para poder ser repetidos por niños y mayores. Las variaciones corales contaban con numerosos versos. Las enseñanzas religiosas debían ser transmitidas también por esa vía. Los momentos de canto lo eran también de meditación, de recogimiento. La repetición en las fórmulas musicales debía servir de apoyo para que se lograra ese estado de entrega a la fuerza superior. Cualquier instrumento debería poder dar la nota inicial y apoyar las voces que rendían tributo al Señor. Así se explica que muchos de los preludios corales no requieren de órgano con pedales sino que pueden ser tocados en cualquier teclado. Pero la repetición puede desembocar en la simplicidad y aburrimiento, y eso sulfuraba a un autor como Pachelbel. ¿Cómo hacer música popular, con dosis necesarias de repetición, pero que a la vez fuese creativa? El dilema no fue exclusivo de Pachelbel.

**

El hombre sangra por la nariz. Sus ojos están deformes por los golpes. Le han atado las manos. Quiso robar la parroquia. Lleva 24 horas prisionero de la comunidad enardecida. Fuente Ovejuna revive. Julián atrapa la mirada llena de malicia y a la vez aterrada. Fue el último registro vivo del individuo. Horas después ardería en una pira.

**

22

¿Con quién se enojó Mariana aquel miércoles? No era con Julián, pero el enojo también incluía a éste. Le había entregado su vida y ahora concebía a cabalidad que sólo hay una. Pensó lo peor: el enojo era también con sus hijos; trató de sacar el pensamiento de su mente pero no pudo. Una madre nunca debe pensar que sus hijos le han quitado vida. Eso no es socialmente aceptado. Decirlo es blasfemia, pero es real. Mariana tenía que ser sincera consigo misma; era tan sólo el principio, ellos también le habían quitado vida. Nadie lo sabría nunca, la idea había pasado por su mente y se la guardaría para ella. Julián debía intuirlo. Pensó que llevaba una carga de egoísmo muy profundo. Quizá esa misma sensación era motivo de la amargura de su madre. La imagen de su madre la amenazaba de nuevo. Ocurrió en la regadera, se dio cuenta de que estaba enojada sin saber por qué o con quién. Pensó que la amargura podría ser como una enfermedad hereditaria, pensó en la repetición. Recordó a su padre, inmutable, diciéndole, para referirse a alguno de los sinsabores provocados por su madre, que así era el carácter de ella. Lo más grave fue cuando Mariana descubrió que la amargura era también un síndrome permanente de su abuela. Su padre hablaba del carácter como si fuera una marca indeleble: origen y destino a la vez.

Al salir de la regadera, Mariana se miró con detenimiento. Sacudió el exceso de agua del cabello y con la toalla recorrió lentamente su cuerpo. Se miró esbelta, sólo llevaba una pequeña cicatriz en la rodilla del día en que de niña se hincó sobre un vidrio oculto en el pasto. Era bella y se lo dijo, pero no era suficiente. Echó los hombros para atrás, vio sus pechos de lado con la forma de la que tanto le hablaba Julián con deleite. Comenzó entonces la ceremonia de las cremas, para la humedad, un filtro solar y varias más. El enojo se mezclaba con otro sentimiento. Mariana quería rebelarse, rebelarse contra la simple amenaza de ser igual que su madre, rebelarse en contra de los ritmos impuestos por la sociedad, rebelarse en contra de la repetición, repetición en todo, rebelarse contra el tiempo. Se sintió víctima. No sabía entonces que su historia era muy antigua, que ya cuatro siglos antes habían concebido la fuga.

II. Fuga

23

¿Cómo explicar el silencio de Bach sobre Pachelbel cuando su influencia fue innegable? La vida está llena de misterios, de áreas de oscuridad que la vuelven sin duda más entretenida. Johann Sebastian perdió a sus padres antes de cumplir los diez años. Imaginemos el vacío. Él y otro hermano se refugiaron con Johann Christian, el hermano mayor, que ya para entonces era organista en Ohrdruf. Allí permanecería cinco años. El niño genio debe haber sido una verdadera pesadilla para el primogénito.

Atrapado entre la fama de su padre y el prodigio evidente del pequeño, Johann Christian decidió, por decirlo de alguna forma, no facilitarle demasiado las cosas a su hermanito. Le prohibió practicar ciertas partituras que le estaban reservadas a él. ¿Por qué atesorarlas así, de quién eran? Pero el precoz músico, Johann Sebastian, aprendió a copiar partituras. Lo hizo clandestinamente, en las noches, hasta que fue sorprendido. Los manuscritos le fueron confiscados y no pudo recuperarlos sino hasta la muerte de Johann Christian 1721. ¿Quién acaudillaba la música de esa zona de Alemania? ¿Quién había escrito para entonces los ejercicios para órgano más arrojados? ¿Qué instrumento adoptaría Johann Sebastian durante sus cinco años en Ohrdruf? A los 15 años, en 1700, Bach sale a buscar trabajo para ganarse la vida. En Lüneburg ingresa al coro y de inmediato traba conocimiento y amistad con los grandes organistas de la época: Böhm, Reincken y Buxtehude. Pachelbel era un territorio minado. Habrían de transcurrir todavía veinte años antes de que pudiera recuperar a su primer gran maestro. ¿Por qué cargar con ese pendiente tanto tiempo? De Johann Christian se hablaba poco. Sólo tres años después, en 1703, a Johann Sebastian le ofrecieron el puesto de organista en Arnstadt. Quizá el mejor organista de todos los tiempos iniciaba el vuelo. Llevaba a Buxtehude como tarjeta de presentación a Pachelbel en la memoria.

24

Mariana entra al despacho. Sus compañeros están sentados guaseando. Mariana los saluda de lejos, está en punto, no ha llegado tarde. Se ve particularmente atractiva. Es febrero los rayos del sol ya calientan. Lleva un top blanco y un saco beige. Al volver el torso sobre la silla, el saco se abre y deja ver el contorno de sus pechos rematado por el perfil de los pezones. Ella no se percata. Por ser la última en llegar se siente en desventaja y por eso se apura. Un hombre de pie se sirve un café y observa la escena. Un colega la presenta.

La arquitecta Mariana Gonzalbo, el ingeniero Javier Betanzos. Mucho gusto, dicen los dos casi al unísono, como en un acto reflejo. Es un hombre alto, está en mangas de camisa, su pelo es corto, chino y cano. Lleva unos lentes modernos sin marco que agrandan sus ojos claros. A Mariana se le encoge el vientre. Se atraen y todos intuyen el hecho. Mariana se lo negará al principio.

**

Pechos enormes y flácidos. Nalgas abultadas. Cabelleras sin peinar. Las esposas de los trabajadores de limpia se desnudan frente a los diputados. Julián capta los rostros de vergüenza y furia.

**

25

Mariana sube a su auto. Está alterada. La reunión ha sido un éxito. Su proyecto gustó, aunque hubo señalamientos. En dos ocasiones, al estirar los planos, sus manos tocaron las de ese desconocido de mirada suave. Piensa que parece una niña. Varias veces sintió su mirada. Es un hombre muy amable y educado, debe rondar los cincuenta años. De él sólo sabe que tiene un capital importante. Pero lo que le ocurrió, esa emoción, es real y no sabe administrarla. Mariana ha vivido muchos lances, algunos verdaderamente obvios, pero éste no fue el caso. De hecho se pregunta si en verdad hubo un lance. Además, en esta ocasión ella fue la atraída. Mejor olvidarlo, piensa. Jamás le ha sido infiel a Julián. Pero por qué piensa en eso. No ha arrancado el automóvil. El estacionamiento subterráneo está vacío. A lo lejos se abre la puerta del elevador. Es Óscar, que la vio salir minutos antes. Debe arrancar el automóvil, si no tendrá que dar explicaciones de su pasmo.

Inicia la marcha con un dilema interior: la atracción de romper la monotonía. ¿Lo sabe?

26

Mariana abre la puerta de la casa. Se mira en el espejo de la entrada. Piensa en su edad, en el tiempo. En el camino se ha percatado de cierta humedad entre sus piernas. Finge normalidad. Julián no ha llegado. A lo lejos se escucha un ¡mamáááá! prolongado y de mal humor. Mariana se siente prisionera, alterada. Odia la idea, pero es verdad. Bibiana viene hacia ella con algo de enfado, está cansada, esa condición que los niños no reconocen en sí mismos. Mariana no está con el ánimo de ser mamá y se le nota, pero se sobrepone. Algo de fuerza la visita. Poco después llega Julián, viene fastidiado porque ha tenido que repetir un material en el laboratorio. Mariana está excitada. Julián no lo sabe. Qué guapa te ves, le dice. Mariana se asombra. Poco después va al baño y se mira en el espejo. Los recuerdos de la mañana incómoda se le vienen encima. Huye de ellos. Trata de encontrar en sí misma el motivo del halago de Julián. Se sonroja. Por la noche, ya con la casa en silencio, están los dos de nuevo frente al televisor, como todos los días. Aparece una escena de sexo en la pantalla. Julián levanta las cejas con ánimo burlón, pero sin esperanza. Las imágenes continúan. Mariana se pone de pie, cierra la puerta del cuarto de televisión y comienza a desnudarse, para asombro de Julián.

**

Un pescador en cuclillas, muy delgado, escudriña en una red vacía. El mar detrás es violento.

**

27

Vivir es repetir, por lo menos en algún grado. Repetimos el acto de despertar, de ir hacia la noche. La repetición nos da un sentido en la vida, una cierta seguridad. Ya vimos además que la repetición perfecta simplemente no existe ni en la música; es una ficción. Nunca podremos escapar del tiempo lineal, de la acumulación. Por esa ficción parecería que tenemos las mismas fuerzas, que nuestros días son iguales, que somos los mismos, como si los ciclos nos dieran la oportunidad de reiniciar la marcha. Pero es falso, en realidad cada día que vivimos es único e irrepetible. La diferencia radica en cómo asumimos la repetición que es capaz de asfixiarnos.

"Un objeto o un acto no es real más que en la medida en que imita o repite un arquetipo." El que habla es un gran filósofo y estudioso de las religiones de origen rumano, Mircea Eliade. Este renombrado profesor recorrió parte del mundo enseñando pensamiento religioso, igual dio clases en Bucarest que en París o en Chicago. Dedicó su vida a estudiar los contenidos, las formas y estructuras de las expresiones religiosas. Observó detenidamente los rituales y las hierofanías que acompañan al pensamiento religioso; por supuesto también sus diferentes ciclos. La administración de los ciclos en el pensamiento religioso es una forma muy eficiente de crear esperanza, de afrontar la muerte, de cantar a la vida. Por eso las iglesias son tan celosas en la administración de los ciclos. La Semana Mayor o Santa es una muestra de cómo el mundo sigue esos calendarios, igual el Yom Kipur, la Navidad o el Ramadán.

La aseveración de Eliade es por eso tan radical. "Un objeto o un acto no es real más que en la medida en que imita o repite un arquetipo." Sólo cuando conocemos o creemos conocer la totalidad de un ciclo podemos enfrentarlo cabalmente. Pero siempre seremos primerizos en el ciclo de la vida. ¿Qué hacer? En la música, la repetición nos ofrece un mapa clarísimo del ciclo por recorrer. ¿Sería esa la intención de Pachelbel? Pero entonces, siguiendo a Eliade, ¿acaso no tenemos una visión real de la vida, puesto que siempre es la primera vez que la vivimos? ¿Es esa la conclusión? Eliade es muy cauteloso en su aproximación. "Así la realidad se adquiere exclusivamente por repetición." La primera muerte en la vida de cualquier persona, sobre todo si es un niño, es siempre traumática. Qué sentirá el muerto, qué será de su cuerpo, ¿estará sufriendo? No tenemos experiencia alguna de cómo lidiar con la muerte. La muerte de otro siempre será una enseñanza, puesto que podemos observar nuestro irremediable ciclo reflejado en alguien más. La muerte es una lección dolorosa.

No es exagerado decir que hay dos tipos de seres humanos, dos formas de ver el mundo: la de quien ha sufrido una muerte y la de quien, por fortuna, ha cruzado sin esa experiencia. Esa es parte de la enseñanza de convivir con otras especies: perros, gatos, pájaros, peces, caballos, lo que sea. Su ciclo vital, juventud, madurez, vejez, es más corto que el nuestro, pero a la vez hay algo muy similar en su desarrollo. De su vulnerabilidad aprendemos; nosotros repetiremos esa historia. De nuevo, sólo cuando conocemos el ciclo o creemos conocerlo es que tenemos una visión más clara, más realista de lo que nos ocurre.

Con el amor sucede lo mismo: sólo quien ha estado enamorado, quien ha padecido esa gloriosa enfermedad, puede apreciar la energía que se desata, esa locura que nos invade y que, al final del día, tenemos que aceptar como un recurso finito. Cuántos amores desperdiciados no desfilan ante nuestros ojos, vidas que con frecuencia terminan atrapadas en la soledad. Acaso rompieron el ciclo del amor o éste fue muy breve. Eso es algo que atormenta de vez en vez a Mariana. Después de dieciocho años de matrimonio y mirando a sus padres, se pregunta en qué fase de amor están Julián y ella y si irremediablemente su relación terminará tocada por ese frío que ha invadido la relación de sus padres. ¿Puede la relación entre dos seres humanos ser un solo ciclo con fases ascendentes y crepusculares? ¿Debe el ciclo amoroso terminar sin remedio antes que la vida? O quizá en una misma relación hay varios ciclos que se hilvanan, como un resorte. Y si los ciclos tienen diferente duración, ¿se forma acaso una espiral ascendente o descendente? ¿Son los ciclos de los viejos más largos que los de los jóvenes?

Es curioso observar cómo cuando alguien deja un empleo, o cambia de pareja o de actividad o de ciudad, recurre con frecuencia a la misma expresión: "siento que se terminó un ciclo". En algún sentido la expresión lo justifica. Los ciclos subjetivos no tienen nada que ver con los años o con la posición de los astros. Son encadenamientos de emociones que de pronto cobran sentido. Los vemos con claridad y decimos: fue un ciclo. También es cierto que quien se inventa ciclos recurrentemente quiere renacer por decreto y en el fondo está negando su ciclo mayor.

Julián concibe un ciclo vital largo, que incluye toda su vida. Él vive su vida negando la experiencia de la muerte, la de su padre. Desde hace años huye de los instantes trágicos que pueden destrozar una vida. Su ciclo supone rebasar los 45 años, ver crecer a Bibiana y a Juan María. Su ciclo siempre incluye a Mariana. Julián, mejor que nadie, sabe que hay momentos buenos y malos. Él viene de un día luminoso que de pronto, en un instante, se convirtió en una noche cerrada y sin esperanza. Pero amaneció otra vez, apareció Mariana con ese rostro terso y apiñonado, sus ojos oscuros, su cabello revuelto y juguetón. Después registró los olores suaves de aquella mujer a la que conocía tan bien que podía predecir su menstruación simplemente por el aliento. También pronosticaba los días de fertilidad por el sabor de su saliva. Mariana se asombraba de su precisión y odiaba el tono guasón de Julián: creo que ya... Con Mariana la luz entró en la vida de Julián. Además, él contaba con otra fiel compañera, a veces pesada a veces ligera, dependiendo de la ocasión: su cámara. Esa otra compañera le permitía a su vista dejar una huella de los pasos de su vida. Julián asistió al parto de Juan María y sintió una felicidad tan profunda que sólo pudo llorar y gemir incontenible junto a una Mariana que en todo momento se controló. Nunca antes la felicidad había sido tan entrañable. Lo único que lamentó es que su padre no estuviera allí. Su madre reapareció en su vida en el papel de abuela tierna y algo de reconciliación inevitable los visitó. Vendría Bibiana y con ella otro parto estremecedor y otra presencia luminosa. Bibiana desde bebé fue un cascabel que reía a la menor provocación, cariñosa y ligera. Doña Arcadia la gozaría poco. Un cáncer fulminante le arrancaría la vida en meses. Julián lloraría algo en su sepelio y una o dos veces más en silencio. Pero esa segunda muerte familiar no lo tomó por sorpresa. No fue un instante que trocaría su vida. Entre la muerte de su padre y la de su madre hubo otro instante trágico que le sacudió la vida: un amigo querido, compañero de la universidad, brillante, de pelo chino y cuerpo atlético, de sonrisa jovial y además trombonista, había perdido la vida un jueves a las 8:30 de la noche al estrellarse a exceso de velocidad contra un poste. ¿Por qué?, se ha preguntado Julián mil veces, sin lograr explicarle a Mariana hasta dónde la muerte de Sergio Vega también troqueló su vida.

"La realidad se adquiere exclusivamente por repetición." Julián ha repetido la muerte dos veces y dos instantes han marcado su mirada. Por eso de pronto cae atrapado en la felicidad simple, sencilla, quizá intrascendente, pero perfecta. Quizá por eso pudo llorar durante los dos únicos partos que ha visto en su vida. Quizá por eso no quiere jugar a tener varios ciclos de emoción vital y sí, en cambio, vivir el suyo tan intensamente como le sea posible. Quizá por eso no pierde la oportunidad de decirle a Mariana "qué bella estás" y de verdad lo siente y piensa que no es la misma de ayer y que no será la misma mañana. Para Julián, el tiempo no es una amenaza sino la mejor oportunidad de cobrarle a la vida lo que le debe. Cree que cada vez la deuda es menor.

28

Les prestaron un hermoso departamento frente al mar. La decoración era espléndida, cuadros coloridos sobre muros blancos, jarrones de barro, plantas. Comieron con la única compañía de un buen vino blanco. Cierta ligereza se apropió de ellos. Julián sacó la cámara. Ella comprendió y fue gozosa al encuentro con Eros. Buscó algunas mascadas y descolgó un sombrero. Se desnudó con gusto. El sol golpeaba los muros. Comenzaron la sesión. Ella detrás de una planta que permitía llegar a los recovecos más íntimos de su cuerpo; ella acostada en una alfombra blanca; ella parada junto a un cuadro de una mujer desnuda y sonriente; ella riendo en el descanso de la escalera. Ella con un delantal como único vestido; ella envuelta en una seda transparente. Él no pudo más, dejó la cámara en una silla y se fue sobre Mariana, quien hacía tiempo lo esperaba.

**

Dos varones se besan frente al Palacio de Bellas Artes. Es el día de la reivindicación gay.

**

29

Por las noches Julián sufre. Al principio cae agotado y se sumerge sin mayor problema. Navega tranquilo en galerías de imágenes, hombres de la calle en que salió a reportear, coches con ojos humanos, letreros de colores anaranjados que se mezclan con negro como ríos; puntos de colores, como burbujas que brotan en sus ojos. En esas está sin problema cuando de pronto Bibiana se cae en un desfiladero o un autobús se incrusta en el coche de Mariana o Juan María se atraganta con un enorme pedazo de carne de los que acostumbra. Son escenas horrendas: Bibiana ahogada en una tina, una ola que se traga a su hijo, no tienen fin. Julián tardó en comentarlo con Mariana hasta que el asunto se convirtió en algo insufrible. Mariana le preguntaba con insistencia, pero no recibía una respuesta que transmitiera mínimamente lo vivido por él en las noches. Julián se incorpora abruptamente en una noche cualquiera y grita ¡nooo!, su respiración está agitada y es claro que la pesadilla fue horrible. Es otro ataque de horror. Julián se resistió hasta donde pudo, no quería decirle a Mariana que siempre aparecía alguno de ellos tres e invariablemente moría.

Llegó el momento en que Julián tenía miedo de ir a la cama. Las escenas y los sobresaltos le cambiaron la vida. Mariana registró puntualmente los sobresaltos nocturnos y le preguntaba muchas veces qué soñaba. Julián se negaba a responder. Hasta que al fin le contó a Mariana de qué se trataba. Fue en el pequeño restaurante italiano que suelen frecuentar. Mariana reaccionó con cariño y serenidad, diciéndole que tenía que ver a un especialista. Julián se negó, pero sólo al principio. Estaba desesperado. Visitó entonces a una doctora muy recomendada. Lo recibió una mujer joven y bien preparada que en unas cuantas sesiones logró abrir aquella cápsula cerrada que Julián llevaba en la mente. Era un domingo por la tarde, la ciudad estaba luminosa. Iba en bicicleta por el parque. Su padre lo retó a una carrera. Los episodios nocturnos disminuyeron, pero es claro que a Julián lo visita un miedo infernal a que otro instante le cambie la vida, la única que tiene, la mejor que ha podido construir. Julián es muy sensible y agudo. La doctora Mirelles pronto le hace ver su obsesión. Controlarla llevará tiempo. Con palabras y preguntas suaves y precisas, Elena Mirelles logra que Julián recuerde y ventile la herida. Cierto alivio visita a Julián, sobre todo después de las sesiones. Su agradecimiento crece día a día. Esa mujer delicada y de rasgos muy finos lo ha llevado de la mano por los vericuetos de su vida. El dolor apareció poco después de iniciar el camino. Hasta que por fin un día el llanto lo invadió incontenible. "Para que Mariana, Juan María y Bibiana estén bien lo primero es que tú, Julián, estés tranquilo, que tu conciencia deje de torturarte. El proceso llevará tiempo."

Julián se ha vuelto un padre y un esposo muy aprensivo. En todo momento quiere saber dónde está Mariana, sobre todo cuando anda en el coche. La violencia de la ciudad apoya su obsesión. La manía de usar el celular lo ha invadido. Los niños le llaman cuando llegan de la escuela. A Juan María le tiene prohibido jugar jockey sobre hielo y a Bibiana le ha ido dosificando sus clases de equitación, que la apasionan. Él, que durante su juventud fue muy arriesgado, andaba en motocicleta, buceaba en el Caribe o trepaba cordilleras, hoy sufre cuando sus hijos se van de campamento o salen de excursión en autobús. Julián está solo en la vida, solo con Mariana y sus dos hijos. Ni hermanos, ni tíos, ni primos de verdad. Emocionalmente hablando, no es un hombre fuerte y lo sabe. Tiene una historia. Quiere un final feliz en su vida, sin tragedias. Nadie las quiere, pero él en particular toma todas las precauciones para que la Señora Muerte no pretenda ni asomarse. Cuando va de vacaciones nunca permite que Mariana y los niños vayan en el mismo avión sin él: o viajan los cuatro juntos o cada padre con un hijo. Tiene claro que no quiere quedarse solo en esta vida. Eso lo convierte también en un padre muy cariñoso, atento a las cosas menores como el efecto de los bráquets sobre los dientes de Bibiana o el posible acné en su hijo adolescente. Juan María y Bibiana han crecido sanos y muy seguros y, curiosamente, la actitud más liberal es la de Mariana. Después de elaborar su caso Julián duerme mejor, sabe que la probabilidad de otro instante trágico es bajísima; sin embargo le aterra la posibilidad. Con todo y su barba un poco agresiva y su pelo rebelde, Julián es frágil y Mariana lo ha olvidado.

30

En siete años de vivir en el apartamento jamás habían hecho el amor en ese sillón. Se trataba de un lugar básicamente familiar y vedado para actos amorosos o eróticos. Esa noche la simple idea de quebrar lo prohibido les resultó novedosa. Pero Mariana vivía algo que no podía trasmitir a Julián. Normalmente le contaba todo; aún más si un hombre le coqueteaba. Un día le platicó de un joven que en una exposición de fotografías ¡del propio Julián! se había acercado a flirtear abiertamente con ella. Después de unos minutos le había dicho que era guapísima. Julián deambulaba por el salón comentado los materiales con colegas sin percatarse de nada. El pobre muchacho palideció al ver a Julián aproximarse y escuchar a Mariana presentarlo como su esposo. Julián sabía también de un amigo conservacionista y bigotón tan rabo verde como su profunda vocación ecológica. Cada vez que podía tomaba del brazo a Mariana o le acariciaba el cuello cuando la saludaba en un juego tan abierto que no había forma de que ella se evadiera. Mariana se sentía incómoda pero halagada.

Esa noche Mariana no mencionó nada de su encuentro con ese hombre. Hasta ese día había sido para ella "el cliente" y ahora se convertía en un recuerdo y en una alteración. Allí comenzó una distancia de la cual Julián no sospechó ni siquiera remotamente. Esa noche Julián no salía del asombro porque Mariana normalmente no tomaba la iniciativa, menos aún con ese ánimo de juego y nunca frente al televisor. ¿Puede una simple mirada ser tan poderosa? ¿O quizá la idea de ruptura de la repetición, de fuga, había alterado el aburrido orden vital de Mariana? Objetivamente hicieron el amor como siempre, y sin embargo fue distinto. Después Julián silbaba sin darse cuenta, mientras se servía un vaso de leche. El miércoles del agobio mañanero fue para ambos un día muy distinto. Sin saberlo se encontraban ya en una ruta de colisión.

**

Un cerdo pone el hocico sobre la frágil mesa de madera de una campesina que mira molesta a la cámara.

**

31

¿Por qué justo el mismo día en que los relojes persiguieron a Mariana tuvo también que toparse con su figura en el espejo de la entrada? ¿Por qué fue ese mismo día en que apareció en escena Javier Betanzos? Pudo haber habido otro orden, o simplemente la separación de los eventos. Un día se mira al espejo, semanas después el silencio y los segunderos la atrapan, un mes más adelante aparece Betanzos. Pero no, las coincidencias existen. Ese día, atípico en el ánimo de Mariana, apareció Betanzos. Mariana lo intuye y no se lo ha dicho a sí misma, pero el simple hecho de conocer esa existencia alternativa rompió su rutina y le inyectó vida. Julián fue un testigo sorprendido de esa energía. Lo que él vivió aquella noche fue algo muy intenso. La angustia matutina de Mariana desapareció. Al día siguiente cierta energía extra todavía la acompañaba. Prolongó sus ejercicios quince minutos más, se arregló con esmero, puso música, una marcha de Lully, mientras se aplicaba las cremas. Algo en su vida estaba mejor.

Mariana no quería pensarlo, pero en sus propios estándares de fidelidad ya había quebrado el pacto de transparencia que tenía con Julián. ¿Por qué no le contó el asunto a su compañero de vida? Pero ¿cuál asunto?, si simplemente le había dado la mano y había mirado a los ojos a un extraño. No había nada qué contar. ¿O sí? Tendría que haberle dicho que el vientre se le encogió porque el hombre la atraía y que algo de nerviosismo la había invadido. Tendría que haberle dicho de esa alteración poco común, también de su aburrimiento de mañana, de la coincidencia. Pero todo sonaba artificial. Lo que menos podía explicar es por qué esa noche había tenido un ánimo especial para hacer el amor. Las miradas masculinas sobre sus pechos al sentarse a la mesa de la oficina no entraron en su registro. Ella revisaba papeles. Fue algo posterior lo que le provocó la excitación, porque esa es la palabra. No hubo una sola expresión de halago y aunque los cuatro varones reunidos alrededor de esa mesa pensaron lo mismo, qué guapa se ve Mariana, ninguno dijo algo. El respeto a las mujeres ha desembocado en una frialdad artificial y absurda. Un halago a nadie hace mal. Pero los varones se reprimieron. El único que reconoció el hecho, Mariana luce muy bien, fue Julián. Pero el halago de Julián cayó después de la alteración. ¿Qué fue primero, el huevo o la gallina?

Mariana iba muy bien arreglada pero recordemos que su mañana fue bastante difícil. En sus tiempos interiores un nubarrón se cruzó. Objetivamente no había nada que contar. Los dos instantes nada tenían que ver con los tiempos objetivos que vivía. Sin embargo su belleza y atractivo real se impusieron. Después ocurrió algo que cambió su condición.

Ella era minutos más vieja cuando Julián le dijo qué guapa te ves. Pero su ánimo era bastante más joven. Esa noche amó como veinteañera. Julián, que aprecia cada minuto, cada instante, se sintió el hombre más feliz de la tierra. Y lo era. Salvo que entre ambos, larvado, había un asunto complejo. Cuando algo coincide no sólo se suma sino que cambia la esencia misma de las cosas. La combinación de instantes de Mariana fue particular. En el primero, cuando los relojes la atrapan, Mariana cobra conciencia de la monotonía. En el segundo, cuando se mira al espejo involuntariamente, Mariana rompe con el hechizo de su sesión matutina en que siempre se ve igual. En ese instante se mira vieja. En el tercer instante, cuando el vientre se le encoge, Mariana se siente viva, fuera de la monotonía, atractiva y atraída, joven. Su lucha contra el tiempo gana una gran batalla. La coincidencia de esos tres instantes le dio una fuerza notable. La vida como flujo de intensidad se hizo presente. El calendario objetivo nada tenía que ver. La energía que la visitaba rompió con cualquier fecha, al menos por algún tiempo. Vivió fugada. Esa sensación la impulsará a ir más lejos. No sabe a ciencia cierta de qué se trata pero el fastidio de la repetición se aleja. La sonrisa añeja que Julián vio en el festejo de año nuevo se ha ido. Logró por un momento salirse del calendario lineal. La vida vale la pena, piensa. Es otra.

**

Una spring breaker rubia y con los ojos idos enseña sus enormes pechos ante la mirada atenta y pícara de una decena de adolescentes.

**

32

¿Qué hacer con la repetición? La deseada y la impuesta. Las cuitas de Bach con su hermano mayor, y Pachelbel en medio de ellos, sólo nos interesan para conocer qué salidas hay para ese asunto que fastidia a Mariana y la puede llevar a romper, a quebrar su vida. Julián, a quien también repetir le molesta, ha adoptado una actitud más pragmática. Él ha cumplido, piensa. Provee lo necesario, adora a sus hijos y francamente no es mal amante; de hecho ha tenido algunos momentos de gloria amorosa. Aunque, es cierto, las secuencias de caricias y ritmos eficaces son también repetitivas. Él por lo pronto no discute eso. Nunca lo han comentado. El matrimonio es así, esa es su convicción. Para qué hablar de ello si no tiene remedio. Todas las parejas caen en rutinas. Si funcionan, ¿qué hay de malo? Así lo ve él. ¿Puede ser de otra forma? Se pregunta.

Julián ama a Mariana, nada hay de falsedad. Julián sabe cómo llevarla al clímax: la besa con leve furor, desciende a sus pechos, acaricia el pliegue en que su pierna se transforma en vientre y así sigue, en un orden que por serlo deviene en rutina. Es una rutina eficaz. No siempre tiene ánimo de imaginar nuevas formas de hacerlo. ¡Hasta el amor es amenazado por la repetición y el fastidio! Sin embargo, Julián está menos presionado por el fastidio que Mariana. Su intranquilidad nocturna ha alterado su vida. Desea regresar a la normalidad. Vive otro calendario emocional. Su gozo del instante se impone. Ve la rutina como algo inevitable, deseable en algún sentido: piensa en la maravilla de volverse a encontrar en el amor. En lo más profundo de su alma añora otro domingo con su padre, otra aburrida noche de sábado con pollo rostizado y frente al televisor. Julián se apoya en las rutinas. La repetición lo ayuda. Esa diferencia frente a Mariana le cambiará la vida.

33

No se le puede tocar, no huele, no tiene olor, no produce sonidos, no tiene sabor ni lo podemos ver y, sin embargo, existe. El tiempo ha sido uno de los grandes misterios. Hemos sido afanosos en medirlo de mil formas pero, bien a bien, no sabemos qué medimos. La discusión ha capturado y dividido a muchos pensadores, filósofos y científicos.

De un lado está la larga lista, de Newton en adelante, de los defensores de la idea de que el tiempo es algo objetivo, que ocurre con independencia de nuestra voluntad. Sin embargo, al no ser perceptible, pues el malvado no puede ser registrado por los sentidos, resulta un "algo" atípico. En la posición contraria están quienes piensan que el tiempo es una construcción de quien lo vive. Para ellos la conciencia determina el carácter del tiempo. Los de este equipo van de Descartes a Kant. Para el conocido filósofo alemán el tiempo era una síntesis a priori, una fórmula innata de entendimiento. Pero entonces, ¿en qué tiempo vivimos?

Al verse involuntariamente en aquel espejo vertical, a Mariana se le fue encima el tiempo objetivo: ya no era joven, en su cara empezaban a aparecer ciertas arrugas que sólo ella era capaz de ver, su cuerpo estaba intacto pero nunca más estaría mejor. Fue por eso que se sintió víctima y prisionera del tiempo. La rebelión se instaló en ella. La rutina, la repetición como fastidio fueron los catalizadores de la crisis del miércoles. Newton se dejó ir con todo el peso de que es capaz. La avasalló. ¿Cuál es la salida? No se vio en el espejo por demasiado tiempo y de inmediato fue a la regadera a enmendar, con especial esmero, su desarreglo. Pero ya iba marcada por el enojo y la rebelión. Es curioso, fue en un instante, es decir, en un tiempo subjetivo, que el tiempo objetivo la avasalló. ¿Por fin? El enojo es un mal consejero. Mariana se lanzó sobre ella misma. Todo cambió, así de frágil es la vida. De qué le servían todos sus conocimientos y lecturas si habría de terminar con su vida hecha un nudo. De seguro repetiría la historia de su madre, eso era. Se lo advertía a sí misma sin cesar. Por momentos pensaba que al decírselo rompería el maleficio. Después creía que era inútil. Su destino estaba escrito. Lo llevaba dentro. Terminaría amargada. Julián saldría huyendo. Acabaría sola, divorciada, peleada con sus hijos, con la misma mirada de rencor de su progenitora, a la que ama pero teme, todo a la vez. Qué horror. La repetición la agobia. Esa mañana fue sombría para Mariana. A pesar de la bruma, el sol brillaba sobre la ciudad.

Esa misma mañana, Julián Esteve vivía en otro mundo. Invitado a una conferencia en Praga, se percató de que su pasaporte estaba por vencer.

Decidió renovarlo de inmediato. Edad, solicitaba el formulario y él puso 42 años. Recordó de inmediato su último análisis. Presión estable, 85-120; colesterol 220, triglicéridos en orden, azúcar bien, próstata bien. Cuarenta y cinco años era la edad fatídica que debía vencer. Tres años más para superar la prueba de la que no hablaba. Julián nunca sabrá, a ciencia cierta, de qué murió su padre, pero actúa consecuentemente para mantener "la bomba", como le dice al corazón, en orden. No come carne de cerdo ni embutidos, huevo con moderación, mucho pescado. No ha hecho de ello un orgullo, pues sería contrario a la vitalidad que reconoce en sí mismo, pero en realidad apuesta a no morir como su padre. ¿Por qué habría de desear lo contrario? Quiere llegar a ser abuelo. Esa imagen se le aparece con frecuencia. Mira una fotografía: es él con el pelo cano, parado junto a Bibiana con un bebé en brazos. Es su nieto. Mariana está allí con una sonrisa apacible. Ese miércoles, con diferencia de menos de una hora, la vida les mandó a Mariana y a Julián señales encontradas. A Mariana el tiempo objetivo la sacudía, a Julián lo alentaba.

**

Unos hombres muy serios se cubren de la lluvia con el ataúd que cargan.

**

34

Mariana abrió su e-mail por rutina. Allí leyó el mensaje: Javier Betanzos quería afinar unos detalles del proyecto. Óscar estaría fuera de la ciudad. Ella tendría que acudir a la cita. Mariana sintió frío en el estómago. Un cierto miedo la merodeó. Absurdo, pensó, es una cita de trabajo. Jueves a las 11:30 en la oficina del ingeniero. Confirmó de inmediato el encuentro. Trató de no pensar más en el asunto. Fue imposible. ¿Qué le ocurría? Durante una semana Mariana se debatió entre decirle a Julián algo sobre Betanzos o no. Pero se decía que para qué, si era solamente un encuentro de trabajo. Tenía cierto nerviosismo. Por segunda ocasión guardó silencio. El miércoles por la noche Julián le preguntó por su día y ella respondió que tenía una cita con el cliente de las villas, un ingeniero Betanzos, y que después iba al despacho. El uso de "un ingeniero" era una forma impersonal de presentarlo. Para ella era Javier Betanzos. Julián no tuvo el menor elemento para sospechar algo.

Llegó el jueves. Julián salió temprano al laboratorio y se despidió con el beso de costumbre. Mariana no dijo nada especial, se verían hasta la noche. La ciudad amaneció luminosa. Durante la semana Mariana se había retocado el cabello, se había acicalado piernas y axilas. Su periodo había quedado atrás. Desnuda frente al espejo en el ritual de las cremas, se dispuso a sacar con discreción el encanto de que era capaz. Era una reunión de trabajo, iría de traje sastre beige y una blusa ligera. Lo correcto era llevar medias, pero hacía calor. Se daría esa pequeña licencia: zapato formal pero sin medias, como las españolas, ¿por qué no? Supongamos que ella respondiera a nuestras preguntas, ¿cómo serían sus respuestas? Mariana, ¿te esmeraste ese día en tu arreglo? No, era una cita importante de trabajo, eso es todo. ¿Trataste de ir atractiva? Sí, siempre lo hago. ¿Nos miente o quizá la intención va más allá de la voluntad?

Llegó al edificio con minutos de antelación. Subió al piso 18. Al abrirse las puertas del ascensor se hizo presente un silencio mullido. Se anunció con la recepcionista, quien de inmediato la condujo a una elegante sala de espera. Contempló a lo lejos el movimiento silencioso de los automóviles. La oficina era lujosa, pero sobria. Aprovechó los momentos de soledad para ajustarse la falda, que era corta, no demasiado. Llevaba los planos en su portafolios especial, moderno, de cuero natural. De pronto se abrió una puerta y salió Betanzos, hola, ¿viene sola?, preguntó. En ese momento él se acercó sin esperar respuesta y le dio un beso cordial en la mejilla. Mariana pensó en su perfume. ¿Le agradaría, no sería demasiado fuerte o dulce? Mariana se estremeció un poco y empezó a dar explicaciones por la ausencia de sus colegas. Betanzos andaba sin saco y con la corbata floja. Pasaron a la oficina. Betanzos le pidió su saco. Mariana trató de imponer una seriedad que sólo pudo durar unos minutos. Pronto comenzó el tuteo. Ella extendió los planos y al agacharse sobre la mesa capturó la mirada de Betanzos entrando por el escote. Se levantó como si no se diera cuenta. Los dos fingieron.

El individuo desplegó un humor notable que no había hecho acto de presencia en el primer encuentro. Una mesa rectangular de cristal provocó que se quedaran en una esquina. La conversación fluyó de maravilla. Mariana sacó sus mejores argumentos para el sembrado de las villas, él contraargumentó una elevación y un hundimiento en el terreno que podrían ser utilizados para un estanque artificial. Sus mentes estaban estimuladas y no era por el café. Una hora y media después Mariana salía invadida de una energía asombrosa. El beso de despedida tuvo en Mariana un efecto que no tenía el primero. Quería sentirlo. Nada más, nada menos. Habría que recorrer el terreno. Sólo así solucionarían el dilema. Mariana le habló a Julián y lo invitó al cine. Julián accedió de buena gana. Mariana no quería regresar a la vida cotidiana. ¿Ya le era infiel? La simple idea de rutina le molestaba. Por la tarde estuvo particularmente cariñosa y tolerante con los niños. Bibiana tenía examen de matemáticas, ella le ayudaría.

Al salir de la oficina de Betanzos se detuvo en un Starbucks con terraza y pidió un frapuchino con leche ligera. Un sol fresco inyectaba vida a los colores. Su día fue diferente. Se dio cuenta de que su humor galopaba y eso le agradó. El tiempo subjetivo se impuso. Era claro que Betanzos no había preparado la cita, pues esperaba a sus colegas, fue una coincidencia. A lo lejos, en su escritorio, Mariana alcanzó a mirar la típica fotografía de familia. No vio más. Por la noche en el cine tomó a Julián de la mano y después lo invitó a cenar una baguette, allí le dio un beso provocador. Pensó en todas las cualidades de Julián. Pronto divagó sobre el proyecto y allí apareció Javier. Empezaba a ser incontrolable.

35

Nunca pensé verlo así. Su respiración estaba entrecortada, no me hablaba. Era coraje, era odio, pero sobre todo era dolor. Me pedía que le frotara la espalda y así pasábamos horas. Nos amanecíamos incumpliendo nuestros horarios. Julián no quería abrir las cortinas. Yo no sabía qué explicación darle a Francisca. Mañanas enteras los dos tirados en la cama con la luz apagada y Julián sin poder levantarse, quebrado, quebrado del cuerpo pero sobre todo del alma. Si tan sólo lo hubiera yo imaginado…

**

Una indígena que mira a la cámara con odio ofrece un pecho escuálido a un bebé al que se le ven los huesos. Atrás un hombre observa desde un BMW.

**

36

Mariana encontró en sí misma una energía que hacía tiempo no tenía. Se hizo evidente para todos. Óscar y Ramón le preguntaron cuál era la buena nueva, porque de pronto se afanaba mucho más. Los malos humores que últimamente la atacaban habían desaparecido. Qué vitamina estás tomando, le preguntó Julián, a quien la repentina fogosidad de su esposa le parecía genial. Mariana tuvo un par de encuentros más con Betanzos. En uno de ellos

Óscar se sintió verdaderamente fuera del código de confianza entre Javier Betanzos y Mariana. De hecho, al regresar a la oficina guaseó con Ramón: mira, le dijo, mejor que Mariana lleve ese proyecto, en una de esas a Betanzos se le quita lo gruñón. Sólo Mariana puede con él. Algo había de cierto, el ingeniero cambiaba, dejaba atrás cierta dureza profesional y se suavizaba en presencia de Mariana.

Las jerarquías en la vida de Mariana se fueron invirtiendo lentamente. Por las tardes iba con mayor frecuencia al despacho y se sumergía en el proyecto de las villas. Las salidas inevitables de Julián a sus recorridos fotográficos le pesaban cada vez menos. Por las noches llegaba a ejecutar su papel de madre, que cada día era menos necesario. Quizá tan sólo vigilar que Bibiana no se desvelara frente al televisor. Educar requiere de rutinas y Mariana lo sabía muy bien. Un lunes por la mañana Julián la sorprendió tarareando mientas se empeñaba en abrir una pequeña mermelada de naranja. ¿Algún nuevo antioxidante?, le preguntó entre guasa y en serio. Te veo muy animada, le dijo. El proyecto de las villas me tiene muy contenta, le respondió sin decir toda la verdad. "Una media verdad es lo mismo que una completa mentira", afirmó Lillian Hellman. ¿Serán los ocultamientos de Mariana intencionales o simplemente así se dieron las cosas? No lo sabemos. Pero la reincidencia no es coincidencia.

Por tercera ocasión Mariana mintió. Sin embargo, no acostumbra mentir. De hecho tendríamos que preguntarnos si mintió, si de verdad sabía lo que ocultaba o ella misma no había reparado en que la simple existencia de ese hombre afable y atractivo con el cual tenía que tratar le había alterado la vida. Javier Betanzos nunca había hecho ninguna expresión de flirteo o coquetería, pero sus modos, sus ojos claros y alegres, su seguridad y aplomo y la forma como la miraba alteraban a Mariana, pues rompían la monotonía, el tedio que la asfixiaba. La existencia de ese ser humano provocaba energía en ella. La vida en parte es esa energía.

37

Julián abrió la puerta del baño. La luz entraba por la ventana. Era una luz color naranja, típica de un estiaje que ya exige lluvia. Mariana estaba desnuda. Había puesto una pierna sobre el lavabo y se untaba cremas. Una reja marcaba su cuerpo con unas sombras largas. Julián fue por la cámara. Ella actuó primero con timidez. Metía los pies en posición extraña. Lentamente accedió. El agua de la regadera sirvió de cascada. Los dos reían. La humedad envolvió todo.

38

—Es el ingeniero Betanzos —le dijo la secretaria por el auricular. Ella lo tomó sin prisa, pero de inmediato.

—Bueno.

—Mariana, ¿cómo estás? —dijo amablemente.

—Bien, gracias. ¿Y tú? —la pregunta no era muy apropiada.

—Ok, pero creo que debemos hacer una visita a la propiedad.

—Claro, claro —respondió Mariana fingiendo normalidad.

—¿Qué te parece el jueves 15 para regresar el viernes? Hay sólo un vuelo diario. El hospedaje es bastante decente.

—Perfecto —dijo ella con frialdad. Estaba obligada de alguna manera.

—Yo haré las reservaciones. ¿Vendrá alguien más?

—No lo sé —respondió Mariana sin dar juego—, les preguntaré.

Era una simple cita de trabajo. Todo lo demás, formalmente, no estaría allí. Su pequeño quiebre quedaba atrás: ni monotonías anunciadas, ni repeticiones involuntarias, ni tiempos negados. Jueves 15 de marzo.

39

Entra a la sección de pastas. Pocas, pero hay que tener un guardado. La marca preferida es Buitoni. Eso ha sido ampliamente discutido en "consejo familiar". La prefieren corta. El arroz está cerca, podría preparar una ensalada fría por la noche. Mariana ha terminado por odiar la inevitable visita. Cada tres semanas debe hacerlo. Aprovecha para llevar una reserva de Tagliatini. El próximo pasillo es detergentes, allí tendrá que entretenerse un rato. La lavadora de trastes está necesitada. Después vendrán los jabones. La piel de Julián demanda uno hipoalergénico para las sábanas y toallas. Juan María necesita uno para el cutis, preventivo de acné y esas cosas. Ese quedó fuera de la lista de computadora, se lo recomendó el dermatólogo recientemente. Para el baño de visitas se necesita uno de presentación agradable. Es caro. Los aceites son todo un departamento, el de oliva puro, siempre hay marcas nuevas, algunos oscuros, muchos desconocidos; mejor las marcas de costumbre. Mariana odia la música intrascendente, de ambiente y también las vocecitas melifluas: "abarrotes a caja tres". Juan María las imita a la perfección. Siempre es bueno ir a esa hora, a mitad de mañana, es cuando menos gente hay. Pero no siempre puede; hay ocasiones en que sale del despacho tarde y entonces sí cae atrapada en las largas filas. Julián odia ir al supermercado y la única que todavía manifiesta cierto interés es Bibiana, que siempre aprovecha para comprar los más extraños champús de colores estrambóticos o revistas de artistas de moda, y no falta algún humectante para los labios. Pero por fortuna existe Francisca. Sobre ella recae la compra semanal. Callada y ordenada, Francisca es capaz de actualizar la lista de necesidades que, por supuesto, sale de la computadora de Mariana. Allí está la modernidad. Este es un país repleto de pobres que todavía les permite a sus clases medias descargar en alguien como Francisca sus necesidades cotidianas. Mariana no quiere ni imaginar lo que hubiera sido criar a sus dos hijos sin ese apoyo doméstico. Cuando se compara con sus conocidos europeos o estadounidenses se sabe una privilegiada. Esposo, dos hijos, amplio departamento y profesión sin haber tenido que dejar la vida detrás de las lavadoras, la aspiradora y las manos en los detergentes. Después vendrá la lista mayor, una vez cada tres semanas, esa la cubre Mariana. En eso está. Entre Francisca y Mariana hay una buena relación que funciona mucho a través de papelitos: “Señora Mariana, hace tiempo que los niños no comen pescado.” “Señora Mariana, necesito cambiar el foco de la alacena, pero ya no hay.”

¿De dónde viene Francisca?, se preguntó una noche Mariana mientras leía la nota pegada al refrigerador. Sabía el nombre del pueblo, sabía que ella estaba casada con un chofer de ruta y que tenía tres hijos mayores, pero hasta allí. Esa mujer que arreglaba a diario su hogar para que ellos pudieran seguir “funcionando”, como decía Julián, era una auténtica desconocida. Juan María y Bibiana la querían, pero siempre en el límite de no involucrarse mayormente. El servicio doméstico en la ciudad entra y sale todo el tiempo; ser así, distantes, era una simple precaución surgida de malas experiencias en casa de los padres de Mariana. Los cariños debían profesarse con cuidado. Doña Sofía se encargaba de correr a todo mundo de mala forma, con los años se fue volviendo más y más quisquillosa. Don Benigno Gonzalbo la miraba con tal desesperación que sólo podía guardar silencio. Por eso Mariana se ufana de que Francisca ha estado con ellos seis largos años. Ella sí sabe tratar al servicio doméstico de manera moderna y justa. He allí otra diferencia con respecto a su madre. Todo eso pensó Mariana, la arquitecta Mariana Gonzalbo Valdivieso, mientras iba de vuelta a las legumbres. Con la lista en la mano y prisionera de su rutina, ese día sufrió menos. Era martes 13, en 48 horas saldría de la ciudad. Ya la visitaba cierta alteración.

40

La felicidad es un tema incómodo. Todos decimos buscarla. Rara es la ocasión en que escuchamos a alguien decir que la tiene. Incluso cuando alguien grita "¡soy feliz!", lo miramos con cierta desconfianza. Sabemos que anda por ahí. Todos en algún momento la hemos vivido. Pero no se deja atrapar fácilmente, es huidiza. Sin duda tiene que ver con un estado interior, con el ánimo, con el alma. Pero, cómo negar que la condición objetiva del ser es determinante. Una persona herida o enferma difícilmente puede ser feliz. Un niño hambriento difícilmente podrá ser feliz. El alma no es la reina. Quizá por eso desde la antigüedad la filosofía ha incursionado en el tema, pero la presa siempre escapa. No nos dejamos vencer. Es un tema central de la vida del cual, sin embargo, el común de la gente habla poco. La felicidad absoluta no existe, dice alguien en una sobremesa. Suena bien, es irrebatible. Pero, ¿y la otra, la felicidad relativa? ¿Cómo debemos afrontarla? Hace falta reflexión sobre la felicidad.

Recientemente, uno de los filósofos contemporáneos más atrevidos y brillantes, Robert Nozick, lanzó una provocación muy sugerente: imaginar la felicidad en un plano de coordenadas. Nozick supone tres líneas rectas: una horizontal justo a la mitad de altura de la coordenada vertical, otra que asciende con una inclinación de cuarenta y cinco grados y la inversa que desciende igual. La superficie inferior siempre es la misma. Esa es la dosis de felicidad que alguien recibió en la vida. No se trata entonces de comparar a una persona que tuvo mucha felicidad con otra que tuvo poca. Sería absurdo, todo en el supuesto de que la felicidad se pudiera medir, que no es una mala idea, porque lo que no se puede medir no se puede mejorar. Nozick camina hacia allá. Regresemos a las coordenadas. Una persona transita por la vida hasta su último día con la misma cantidad de felicidad al principio que al final, es la línea horizontal. Otra, en cambio, inicia su trayecto de vida repleto de felicidad y la termina en cero. Es la línea que desciende. Finalmente, tenemos la línea que asciende; es el caso de alguien que inicia sin felicidad la ruta de su vida y la termina en el máximo. ¿Cuál fórmula es mejor?, se pregunta Nozick. Es la misma cantidad de felicidad distribuida de manera diferente. La reacción inicial es casi siempre preferir la tercera opción: terminar la vida lleno de felicidad. Es una ambición muy común. Pero Nozick nos provoca. ¿No acaso va mejor por la vida aquel que lleva en la memoria un gran bagaje de recuerdos felices, es decir, la línea contraria? La felicidad es un trayecto, no una meta.

Todo esto viene a cuento porque quizá Mariana y Julián tienen una interpretación distinta de la vida y de la felicidad en ella. Veamos. Julián guarda en la memoria instantes magníficos; los juegos con su padre, las excursiones punitivas en busca de angulas o mejillones, y sobre todo esos sábados por la noche con un pollo rostizado y un pay de limón frente a la gran novedad, el televisor. Pero también hay escenas horrendas: sus padres discutiendo, la pistola que va a la sien del constructor. Después viene el instante terrible, su padre tirado en el parque sin despertar nunca más. Allí Julián entra en una larga noche que no encontrará luz sino hasta la aparición de Mariana y de los niños. Julián no tiene un pasado de gran felicidad y probablemente piense en hacer todo lo necesario para llegar al instante final de su vida rodeado del máximo de felicidad posible. Por eso también le gusta reconocer esos grandes momentos: los cuatro sentados en la banca, sanos, comiendo nieve en silencio.

¿Cómo saldría la lectura de Mariana? Ella no puede hablar de una gran ausencia de felicidad o de grandes carencias. Don Benigno y doña Sofía eran ejemplo de presencia, serenidad, estabilidad. Nunca sobró nada, es cierto, todo estuvo allí cuando debía. A Mariana, sin embargo, le preocupa el tedio que guarda en su memoria, la vida como trámite cotidiano, la estabilidad como aburrición programada. Su dosis de felicidad ha estado allí, fue una niña feliz e incluso mimada por momentos. Pero tampoco lleva consigo una gran alacena de recuerdos felices. Más bien se siente atrapada en la línea horizontal de Nozick. No quiere seguir en la vida con la misma dosis programada. Su argumentación es sólida: eso condujo a la amargura de doña Sofía. Esa receta no funciona. Por eso su ánimo de fiesta, que en ocasiones desconcierta a Julián, que se mira apacible junto a ella. Mariana sí quiere ir a todas las bodas y reuniones que se le atraviesen en la vida. Quiere bailar desaforadamente como nunca miró a sus padres hacerlo. Quiere romper porque está convencida de que incluso la felicidad, atrapada por la monotonía, deja de ser felicidad. Quizá por eso la mañana del 15 de marzo, al acicalarse para salir al aeropuerto y encontrar a Betanzos, algo en ella es distinto. Su mente es ya conducida por emociones acumuladas mucho más poderosas que la racionalidad que ahora pretende. Ella ya no es ella. Mariana es su historia.

**

Un niño mal vestido pero repleto de gozo carga dos enormes botellas de Coca-Cola. Un hombre viejo y pobre le lanza una mirada de odio.

**

41

Al llegar al mostrador le dieron el boleto 2B. Mariana estaba tensa por el tránsito pesado y el mal manejo de un taxista insensible. La posibilidad de llegar tarde y perder el vuelo, la necesidad de estar vestida adecuadamente para el trópico y a la vez en plan de trabajo, el tiempo excesivo que le había quitado limpiarse las uñas de los pies con esmero, todo la había retrasado. Pero no había otra opción, llevaba sandalias y los pies irían al aire. Cruzó las áreas de seguridad, que en aquel momento eran todavía bastante relajadas. Ningún colega la había podido acompañar y además era cierto que Mariana coordinaba el proyecto casi en su totalidad.

Su seguridad personal y profesional había aumentado exponencialmente en semanas desde que sus colegas la habían dejado abiertamente llevar la responsabilidad del encargo. Fue ella quien decidió el trazo final del modelo de villa; fue ella quien presentó las muestras de materiales para los interiores; ella decidiría con el ingeniero Betanzos la colocación final de las veinticinco unidades. Sus colegas llevaban los números. ¿Monotonía, aburrición, amargura? Quién se acordaba ya de aquel miércoles de los difíciles instantes. Dónde quedó la angustia por su imagen en el espejo con los años encima. Esa mañana en el aeropuerto, Newton y su tiempo objetivo tenían la batalla perdida. Desde hacía varias semanas un Kant vigoroso campeaba a sus anchas. Mariana se encaminó a la sala de última espera; llevaba el portafolio en la mano y una falda corta que dejaba ver una forma perfecta y una piel suave y cuidada. Una blusa muy ligera y un saco de algodón para quitárselo al bajar del avión eran el complemento. Todo estaba bajo control, pensó. Sin embargo nunca antes había estado tan cerca de perderlo.

42

¿Cree Mariana en el destino? Todo diría que lucha por romper cualquier predeterminación en su vida. No quiere repetir a su madre, no quiere a su padre como esposo, no quiere ser una mujer amargada y sola y, quizá lo más escondido y más angustiante: no quiere padecer cáncer de mama. Esa es una verdadera obsesión. Antecedentes familiares hay muchos: madre, abuela. Pero ella está decidida a romper esa repetición. Exámenes rutinarios, mamografías y un amplio repertorio de vitaminas, minerales y cuanto descubrimiento aparece. Mariana no parecería una mujer demasiado dejada a la idea de suerte o fortuna. Combate al destino, lo reta. Su tenacidad como estudiante y después como profesionista, su empeño como madre y su solidez como esposa nos indican que trata de tener todo bajo control. Mariana deja poco al azar. Pero la vida no es así.

Javier Betanzos la vio venir a lo lejos y la saludó levantando el brazo. Al acercar su rostro al ingeniero, Mariana tropieza con una maleta. Sus labios se acercan demasiado a la boca del ingeniero, que comprendió lo ocurrido. Mariana pide perdón por la brusquedad producto del mal paso. Sonríen. ¿Por qué tropezó con la maleta? Nunca lo sabremos. Al viajar en un asiento de lujo producto de los miles de millas del viajero frecuente que es Betanzos, Mariana se sintió trasladada a un mundo del cual sabe pero no goza con regularidad. Ni el oficio de Julián ni sus ingresos propios dan para eso. Siempre hay antes alguna necesidad familiar. Ya en la cercanía de los asientos y debido al ruido del aparato, Mariana se aproximó al rostro de Betanzos y respiró involuntariamente el aliento de aquel hombre. Le agradó. El olor a café predominaba pero había algo más. El ingeniero no flirteaba con ella. La amabilidad era natural en él. Mariana es una mujer guapa, afable, de trato suave; incluso podría decirse ligera. Después de ver algunos documentos, Betanzos elogió su trabajo y Mariana se sintió profundamente halagada. Lo necesitaba, hacía tiempo que nadie se lo decía, eres una buena profesionista. Betanzos no mentía, ni fingía, lo pensaba y no tenía por qué callarse, igual se lo hubiese dicho a un varón. Pero el efecto sobre los tiempos subjetivos de Mariana, cuya vida se había ido quedando sin calendario, fue profundo. En unas cuantas semanas la simple existencia de ese individuo introdujo un ruido, una alteración muy significativa. Al recoger el equipaje de la banda, ella se quitó el saco y la mascada que llevaba en el cuello. Betanzos expresó lo que podría ser un lance: qué guapa vienes, le dijo. Mariana sonrió sin decir palabra. Sintió que pisaba un territorio delicado. Un resquemor emocionante la recorrió. Javier Betanzos lo dijo porque era cierto, lo pensaba. Mariana era bella y con una mirada interesante; vestía muy bien y en particular ese día la combinación de prendas y olores era muy afortunada. El perfume que llevaba era delicado y seco. Además, desde el miércoles de su encuentro inicial, tenía mucha energía. Todo eso hizo que Betanzos reaccionara como debía reaccionar, como un varón. Ella había provocado la situación; la había provocado sin desear nada, por lo menos conscientemente. Pero, ¿entonces para quién era tanta coquetería? Julián se lo había comentado por la mañana en plan de guasa; al verla salir le dijo: ¿Por qué no te quedas?, yo tengo algo mejor que ofrecerte que el tal Betanzos. ¿Cuál era la sorpresa, el ingeniero reaccionaba como debía? Había dado inicio: estaba en fuga de sí misma.

43

Escucha los gritos y camina hacia la recámara. Es de madrugada. No recuerda otro momento similar. Quiere abrir la puerta pero se detiene. Él le dice mentirosa, dime que lo hiciste y lo gozaste. No lo hice, le grita ella fuera de control. El pecho le oprime, le falta aire. Quiere regresar a su recámara, los gritos siguen, el aire le falta, cree que va a caer, finalmente grita en su interior desesperado: mamá. Nadie lo escucha.

44

¿Quiere Mariana destruir su matrimonio? No sería la respuesta obligada. Menos aun herir a Julián o a sus hijos. Pero entonces, ¿por qué hizo lo que hizo?, que bien a bien no sabemos qué fue. Quizá el detalle está en la palabra querer. Ella no desea eso, destruir, herir, pero hay un acomodo de sus emociones, de sus necesidades vitales, que está más allá de su matrimonio y su familia. Ella nunca lo admitiría, pero las fuerzas que la mueven son muy poderosas. Por eso aquella noche de la fiesta programada, la noche de San Silvestre, la sonrisa se le va de la cara involuntariamente. Esa noche tampoco la tenemos del todo clara. Pero algo importante ocurrió, eso sí lo sabemos. Regresaron de la habitación y la alegría no estaba en ellos. La lucha interna de Mariana es terrible. Fue educada en una lectura de la vida en la cual la armonía del hogar debe estar en el sitio más alto. Todo debe sacrificarse por lograr esa armonía. A la larga, la vida pagará. Hay mucho en esto de una concepción cristiana que le fue transmitida por don Benigno, todo él resignación, y por doña Sofía, toda ella sacrificio. Pero esa moral condujo a la amargura y Mariana no quiere amargura, no quiere repetir. Nunca imaginó que por encima del amor a Julián y a sus hijos hubiera necesidades tan poderosas. Pero entonces, ¿por qué no se lo dijo a Julián? O quizá sí se lo dijo. A decir de Goethe, la palabra nos fue dada por el Creador para ocultar nuestros pensamientos.

Quizás a pesar de todos los años de matrimonio y de las largas y honestas pláticas llenas de intimidad, Mariana no logró transmitirle a Julián toda la angustia, la rebeldía, la auténtica guerra interna que lleva. ¿Le mintió, le ocultó? No necesariamente. Quizá se impuso a sí misma que ese sacrificio vital era parte del matrimonio. Se condujo con una visión cristiana sin seguir una doctrina conscientemente. Sus padres no son estudiosos de su religión, pero quizá con sus actos le transmitieron la idea de una recompensa final. Sin saberlo seguían a San Pablo: "La paciencia produce esperanza." Además, como el enterrador, Mariana se refugió en la rutina y con ella salió adelante. Un día bueno conducía a otro día bueno y así llegaba a la semana y al mes y a los años. Pero su paciencia se agotó y con ella la esperanza. En el fondo Mariana quiere muestras de que la vida puede ser diferente: de la amargura al cáncer de mama. No hay más, no hay menos. Sin esperanza no se puede vivir.

Pero a la arquitecta Mariana Gonzalbo, una mujer moderna, práctica y muy ordenada, no le gusta hablar de "esas cosas". La profundidad no está de moda. Por eso la gente se interrumpe mil veces en las conversaciones. Por eso contestan el celular a media plática, por eso hay televisiones en los bares y restaurantes. Por eso cuando las palabras tocan fibras delicadas la gente huye. Mariana, sin desearlo, pertenece a esa modernidad que sólo ronda la superficie. A Julián la vida lo hizo distinto, desde niño conoció las profundidades y los dolores insuperables de la muerte. Aquella noche con Javier Betanzos, Mariana no dialogaba con Julián ni con sus hijos sino consigo misma.

**

Un adolescente con cachucha de los Yankees muestra la cacha de una pistola que asoma de su chamarra.

**

45

Volaron cuarenta minutos. Un vehículo los esperaba para conducirlos a un paraje a cincuenta kilómetros. Al llegar a la obra, Mariana sacó unos tenis de su maleta. Todo estaba previsto. Betanzos miró las piernas completas con cierta excitación. En el recorrido por el terreno Betanzos la ayudó en varias ocasiones a descender de unas dunas hacia un área más deprimida con algunas palmeras. Allí no corría la brisa. Los trabajadores habían quedado retirados. Betanzos caminaba al frente, no sin cierto esfuerzo provocado por los pies sumidos en la arena. Al llegar al punto donde el ingeniero explicaba su idea de un pequeño lago, una Mariana jadeante y acalorada se apoyó sobre su brazo. Fue en ese instante que la idea atravesó por la mente de ambos. Los dos decidieron negarlo.

46

Después de trabajar casi tres horas en un jacal acondicionado para oficina, ya por la tarde, Betanzos invitó a Mariana a comer a una marisquería popular. Él tomó ron con Coca-Cola y ella un jugo de naranja con vodka. Los dos estaban acalorados. Mariana sentía esa típica hinchazón de pies de las primeras horas en el trópico. Por eso se quitó los zapatos. El restaurante tenía arena apisonada como piso y el servicio fue lento pero correcto. Comieron sin prisas. Betanzos, por primera ocasión, habló entre risas de sus hijos y de sus quejas frente a los insaciables mosquitos del lugar. Su esposa se llamaba Graciela y se refería a ella con naturalidad. Mariana lo sintió en él como una toma de posición y entonces ella habló del "loco" fotógrafo con el que estaba casada y de sus dos pequeños "monstruos". Se sintió relajada pero tenía cierta decepción después de las menciones a las familias. Guasearon sobre los colegas de Mariana y sus costumbres de oficina. Ella se sintió libre para platicar de cuestiones de las que no hablaba con facilidad. Habló de la monserga de acompañar en sus tours fotográficos a Julián, quien detenía el coche a cada paso para captar alguna imagen. Contó que le pedía auxilio para cargar el pesado equipo y recordó que sus manos olían con frecuencia a químicos del laboratorio. La era digital no era beneficiosa para ella, pues Julián había decidido seguir trabajando por la vía tradicional. Fotografía social en blanco y negro. No hubo ninguna interrupción, ningún celular impertinente. La conversación fluyó sin problemas; Mariana se sintió muy lejos de su hogar y más aún porque le había advertido a Julián que sería difícil reportarse. Mariana se recogió el pelo detrás de la nuca para ventilarse más; Javier Betanzos miró un cuello largo y elegante que le encantó. No pronunció palabra para no dar lugar a malas interpretaciones. Un brevísimo silencio les dijo algo a ambos. Decidieron salir a gozar la tarde, como si fuesen viejos conocidos. Se levantaron. Un hombre mayor con botas de trabajo que entraba al restaurante saludó con distancia respetuosa al ingeniero Betanzos y le tendió la mano; de inmediato, se volvió hacia Mariana y dejó salir un "señora" con seriedad. Betanzos no reaccionó. Algo hablaron de trabajo y al despedirse, muy formal, el hombre dijo: Lo felicito por su señora, es realmente hermosa. Betanzos cayó entonces en la cuenta, y dijo: Perdón, la arquitecta Mariana Gonzalbo no es mi esposa y sí es realmente hermosa. El corazón de Mariana palpitó y un leve rubor se instaló en su cara. Tenía calor. Betanzos dio entonces una explicación inútil de por qué estaban allí. Quería destejer algo que aquel hombre no había insinuado. Ambos cayeron en cierta confusión.

En la camioneta, yendo hacia el hotel, Mariana estuvo platicadora y espontánea. Al llegar al hotel, un sitio modesto pero acogedor, recibieron a Betanzos como a un gran señor; son las mismas habitaciones, le dijeron, la 110 y la 111. Se registraron y allí Mariana se percató de cierta humedad entre sus piernas. Caminaron. Eran habitaciones contiguas y compartían una gran terraza viendo al mar. Betanzos la instaló y le enseñó algunos trucos del aire acondicionado. Antes de salir le dijo que la esperaba en la playa. Mariana asintió sin pensarlo.

Al oír la puerta cerrarse detrás de ella pensó en qué podía ocurrir, en si la había llevado para eso, se sintió enojada. Pero después recordó sus ojos y se convenció de que no había habido nada entre ellos.

El hombre era muy respetuoso, ¿por qué pensar que los varones siempre andan tras una? Simplemente estar bien, de eso se trataba; como cuando Julián sale de viaje y se topa con colegas en una guerra, en un desastre natural o en un encuentro político. Mariana comenzó a desvestirse, no sin percatarse de que la terraza comunicaba los cuartos. Jugó a la inocencia. Se excitó. Lo oyó pasar por el pasillo. Se ponía un bikini a rayas negras y blancas que sabe le sienta muy bien. Madre de dos hijos, usar bikini es para ella un orgullo. Para eso hacía ejercicio en las mañanas. De pronto se percató de que no se había reportado con Julián. Tomó el teléfono y marcó. Contestó la máquina. Era la voz inocente y juguetona de Bibiana. Sintió extraño. "Hablas a casa de la familia Esteve. (Risitas.) Por el momento no podemos contestarte, deja tu mensaje, adiós." Hola, es mamá, estoy bien, el teléfono del Hotel Ejecutivo es el... y dijo los números, agregó que la habitación era la 111. Yo les llamo más tarde. Colgó. Se sintió liberada, se puso sus tenis, no llevaba chanclas y tomó una toalla pequeña del hotel. Bajó a encontrar los embrujos de esa playa.

47

¿Dónde queda el sufrimiento? ¿Acaso lo digerimos y al final lo eliminamos? O quizá se acumula, sedimenta y permanece. Así como tratar de obtener respuestas para la felicidad ayuda a transitar en la vida, también saber qué hacer con el sufrimiento es necesario. Allí Mariana y Julián caminan por senderos distintos. Julián sabe que la carga de sufrimiento público que lleva, su temprana orfandad, es pesada. Pero hay también una carga no expuesta, íntima, privada: la pésima relación de sus padres y de él con su madre. De esa Julián habla poco, nada. La gente cambia su trato cuando sabe del sufrimiento en otro, es decir cuando éste es público. Algo de compasión surge. Los malos humores o las rarezas tienen una explicación. Pobre, pensamos, ha sufrido mucho. No se puede reparar el daño. Quien ha sufrido lleva un golpe que de pronto duele. Uno anuncia los sufrimientos precisamente para provocar esa reacción. Los duelos en las distintas culturas son una forma de digerir el sufrimiento. Las vestiduras rasgadas y el luto son anuncios públicos para recordarle al otro de un sufrimiento presente. El problema aparece cuando los sufrimientos son privados.

Por inhibición, por vergüenza, por presión social uno no cuenta esos otros golpes que lleva. Eso le pasa a Julián con la relación con su madre. Lo de mi padre fue terrible, piensa, pero lo de mi madre también fue muy malo. Por eso Julián no hace concesiones en su intención de tener un final feliz. La suma de sufrimientos en su pasado va más allá de lo que la gente sabe. En el caso de Mariana, la historia también es compleja. No hay historias inmaculadas, pero la de Mariana públicamente casi lo es. El aburrido de don Benigno y la delicada de doña Sofía gozan del respeto y cariño, lejanos pero reales, de muchos. No los invitarían a una fiesta, pero no faltan las sobremesas donde se diga que él es un santo y ella una buena mujer. ¡Cómo puede Mariana hablar de sufrimiento! Por el contrario, ella es el fruto de la armonía, de la sencillez, de la entrega. Así que sobre Mariana cae una exigencia social mucho mayor. La falla en la vida de alguien que ha sufrido puede encontrar justificación. Pero en una afortunada como Mariana simplemente no tiene lugar. Es una moral muy sencilla, simplista, pero muy común.

Mariana no llevaba carga de acontecimientos dolorosos, pero nosotros sabemos que en ese hogar armonioso también se incubaron enconos, miedos, angustias y un profundo reclamo de intensidad. Esa es una historia socialmente inaceptable. Mariana jamás contaría las historias de la amargura que se apoderó de su madre ni de lo incoloro de la vida de su padre. La prisión que vive en parte se explica por un pasado de sufrimiento exclusivamente privado. La historia de su sufrimiento es tan controlada e inhibida que incluso el propio Julián sólo conoce una parte. Si en alguna conversación con Julián Mariana saca el tema, mi madre es una amargada y mi padre insufrible, Julián de inmediato se frena para no decir demasiado. Las fronteras de las críticas admisibles para Mariana son muy estrechas. En no pocas ocasiones ha reprendido a Julián por lanzar juicios severos sobre su familia. Eres una ingrata, piensa cuando escucha sus propias palabras. Mi madre hizo lo mejor que pudo y él es todo bondad. Eres mala, piensa y se reprime.

¿Dónde queda el sufrimiento? Cuando es público puede ser digerido lentamente. Cuando se mantiene privado puede asfixiar. En las próximas horas la carga privada de sufrimiento, esa que Mariana nunca ha podido transmitir, se hará presente. Como producto de la soledad real y deseada, del alejamiento con ánimo de ruptura, impulsada por el espíritu de la fuga, Mariana será atrapada por un torbellino.

III. Variaciones

48

Hace tiempo que la repetición agobia a Mariana. Todo parece lo mismo y lo es, pero no exactamente. Las rutinas de Juan María y Bibiana, la administración de la casa, hacer el amor con Julián. Todo se repite. Eso le fastidia. La lujuria los visita cada vez menos. La simple presencia de los hijos en algún lugar de la casa cancela el entusiasmo de Mariana, que se siente atrapada por los apremios sin fin de una madre. Cuando van solos de viaje los espacios son otros, las rutinas se alteran y la llama se enciende. Pero no se puede vivir de viaje. Cuando algo hogareño interrumpe su juego erótico, Julián se molesta profundamente y se controla. Ese es su estilo de enojo. Eros huye, lo cual dificulta aún más las cosas. Julián ha encontrado que salir de la casa los ayuda. En varias ocasiones han terminado en hoteles de la ciudad. Pero en la madrugada hay que regresar a casa, al sitio de la rutina, de la repetición. Repetir las fugas en hoteles es también una repetición. Sus fugas son intervalos muy cortos en una continuidad que los asfixia, sobre todo a Mariana. A Julián lo ataca menos ese ejército de rutinas. Su trabajo es la búsqueda de la excepcionalidad. Pero Julián sabe que la vida para Mariana se ha hecho larga, sin intensidad, por eso busca romper su rutina con los desnudos, con invitaciones extrañas, con aventuras programadas que terminan por no ser aventuras.

Aquel fin de año tan especial, Julián trató de aderezar la vida de Mariana con una pequeña travesura: harían el amor al iniciar el nuevo año, el nuevo siglo, el nuevo milenio. Mientras los amigos brindaban ellos estarían entregados al amor. Todo el ritual iba muy bien, Mariana estaba hermosísima, su espalda y sus piernas se arrojaban a los ojos desde aquel vestido blanco. Llegó el brindis. Se miraron coqueteando. Subieron e hicieron el amor. Julián aparentó una pasión que no tenía, le dolía la espalda por un torpe juego mañanero de tenis. A ella le dolían los pies, que se rebelaban contra los zapatos de tacón alto. Mariana no llegó nunca, ni siquiera pudo fingir. En su desesperación, Julián le dijo:

—Tienes licencia para todo, pero te quiero viva.

—¿Todo? —preguntó ella registrando cierta ofensa.

—Todo —respondió él.

—Ya no es discurso —advirtió ella.

—Lo sé —confirmó él.

En ese momento ambos se torcieron en su moral: en lugar de gritar con toda sinceridad "estoy aburrida, mi vida cotidiana me agobia, no eres tú, es todo", Mariana guardó silencio, pensó que era inútil. Él, por su lado, no quiso detenerse y asumir el mal rato. Había puesto demasiada energía en idear el artificio amoroso; además la noche era joven. Era más fácil evadirse y regresar al escándalo frente al mar. Por la mente de ambos atravesó que lo sucedido era como un ave de mal agüero. Iniciaban mal el nuevo ciclo. Regresaron en apariencia siendo los mismos. Mientras descendían, hubo un instante en que se miraron a los ojos; los dos sabían de la falsedad de su alegría externa. Julián no quiso imaginar que su felicidad acumulada estaba en peligro. Mariana se asfixiaba en la monotonía de su felicidad lineal. Les afectaba el vacío.

49

Julián ha caído atrapado en sus tinieblas. La incontrolable y agresiva irrupción de instantes con escenas de muerte de las únicas tres personas que lo acompañan en la vida ha minado sus cimientos. La doctora Mirelles lo auxilia, pero el asunto requiere tiempo, mucho tiempo, quizá más del que tiene antes de caer en un colapso. Muy delgado, con la carne pegada a los huesos, la barba negra, afilada en la barbilla, ya con algunas canas, el pelo chino y su mirada de águila, el intrépido fotógrafo aparenta fortaleza. Es muy común que el continente no case con el contenido. Mujeres pequeñas y de apariencia quebradiza que sobreviven todo, a marejadas de dolor y sufrimiento, frente a robustos caballeros de gimnasio que se desmoronan con un soplido de soledad. Haber lanzado su mirada fotográfica a algunas de las guerras de Centroamérica, a una hambruna en África, a la condición miserable de los migrantes del sur al norte, además de temas escabrosos como la vida dentro de las prisiones, hospitales de enfermos mentales, linchamientos y otras escenas macabras, le ganaron a nuestro personaje una fama pública de arrojo y valentía que enmascaran otra realidad: es frágil.

Pero esa fragilidad podría tener otra explicación. Ya vimos a Nozick, el filósofo estadounidense y sus tres líneas para interpretar la felicidad. Siguiendo ese patrón, Mariana está en la línea horizontal y Julián quiere ascender y terminar pleno. El viajero que trae un gran bagaje de felicidad, como Proust, tiene una ventaja: ve la felicidad ya como parte de su vida, no tiene que conquistarla. Pero tiene una desventaja: sólo la vivirá en los recuerdos. Los pros y contras de cada ruta son irreversibles. Los seres como Julián que apuestan a ir acumulando felicidad tienen una ventaja: la esperanza de ser felices. Se trata de una anticipación, de un adelanto que ya puede ser usado. Entonces ¿por qué el quiebre, el derrumbe de Julián?

En parte la explicación está en el desvanecimiento de la esperanza. De nuevo una remota visión de justicia se rompe. Las líneas de Nozick intentan dar a cada quien su dosis equivalente de felicidad. Hay algo de cristiano en el modelo. Eso de no tener felicidad ni en el pasado, ni en el presente, ni en el futuro, eso de no conocer la plenitud simplemente, es contrario a una noción básica de justicia. ¡Qué mundo es ese! Aunque lo vivamos todos los días nos negamos a aceptarlo como algo que nos puede ocurrir. Tener un pasado de felicidad delgada (es el caso de Julián) y un futuro oscuro es simplemente como sacar bola negra en la vida. ¿Por qué a mí?, es la pregunta, ¿por qué perder al padre, sufrir a la madre y ahora esto? La idea de felicidad con la que Julián navega en la vida reclama todo, no acepta más tropiezos. Es, en algún sentido, intolerante para los imprevistos.

50

Tocaron a la puerta, Mariana acababa de ducharse y estaba enrollada en una toalla untándose crema. ¿Sí?, dijo sin demasiada amabilidad y un poco sorprendida. Entonces escuchó: Te invito algo de queso y vino en la terraza. Cómo no, respondió tratando de aparentar normalidad. Conocedor de la falta de servicios del pequeño pueblo, el ingeniero Betanzos sabía cómo sobrevivir en todos los sitios.

Ella apareció en la terraza poco después. Llevaba un vestido muy ligero, el pelo húmedo e iba descalza. A Julián los pies desnudos lo vuelven loco, pero esa noche no estaba con él. Betanzos había colocado una pequeña mesa y dos sillas frente a un pretil. Encerrados en unos tenis viejos, sus pies descansaban en la altura. Llevaba shorts y una camisa abierta. Hacía mucho calor. Sirvió las copas. Hablaron largo, las sonrisas se convirtieron en risas. Ninguno de los dos tomó la iniciativa. Fue la vida. Al avanzar la noche el viento se incrementó. De pronto, en un golpe de suerte o de infortunio, el vaso de plástico salió volando sobre el vestido de Mariana. Él se levantó para ayudarla. Ella subió involuntariamente el vestido más de lo debido y él vio su diminuta pantaleta. Un estremecimiento lleno de deseo lo recorrió. Él la secaba con una inútil servilleta de papel. La risa los atrapó. Sin más, se besaron. Para ambos fue grandioso.

51

La memoria es una compañera muy extraña. Está allí incluso desde antes de que comprendamos su papel en nuestra vida. Es una invitada permanente, asiste sin invitación a todos los actos de nuestra existencia. La gente bebe y se droga por ahogar su memoria. Ella toma nota puntual de ciertos hechos sin hacer un solo comentario. No expone sus razones de por qué dedicarse más a unos que a otros. Tampoco nos da explicaciones de la forma e interpretación que les dará en un futuro. Es dueña silenciosa de nuestra vida. De pronto, cuando menos lo imaginamos, de noche o de día, sin pedir permiso, se apodera de nuestra mirada y toma el timón de nuestra mente. Aparece entonces el expediente de cuya importancia podíamos incluso no haber sabido nunca. Ella actúa por su cuenta y se impone en nuestras vidas. Por lo visto para lidiar con el sufrimiento, pero también en la felicidad, es importante tratar de entender a la chapucera de nuestra memoria. Sólo así podemos caminar con cierto rumbo sin que sea ella la que gobierna.

Julián llega corriendo. En ese momento piensa en todo menos en su memoria, en el recuerdo que guardará. Papá, papá, le dice y mira sus ojos cerrados. Suavemente acaricia su mejilla con la esperanza de recibir su mirada en cualquier momento. Tiene la boca seca y las manos le tiemblan. Papá, papá, grita de nuevo cuando siente un movimiento tras él. Es un hombre mayor, casi anciano, quien mueve la bicicleta de entre las piernas de Miguel Esteve, que nunca más volvería a sonreír a su hijo. Una mujer de pelo blanco, con un suéter muy viejo, separa a Julián contra su voluntad del cuerpo que para el niño era todavía, y por un buen rato será, un ser vivo, nada menos que su padre. La mujer extraña lo abraza; él grita desesperado, no puede hablar. Le preguntan dónde vive, no puede decirlo. Las palabras se le quedan en la garganta. Quiere regresar a los brazos de su padre. El hombre pone su oído en el pecho, levanta la mirada y mira a su mujer mientras mueve la cabeza de un lado al otro. La memoria estuvo allí para llevar un recuento tan puntual que todavía estremece a Julián. Ni la doctora Mirelles ha podido sacar todo; por ejemplo, que primero rechazó con fuerza los brazos de aquella mujer y que después, ya cuando un pequeño grupo rodeaba a su padre, sentados él y la anciana en una banca, lloró sin tregua en ese regazo desconocido. A lo lejos escuchó la palabra muerto. Allí comenzaría algo terrible. Le llevaría años comprenderlo y se condensaba en dos palabras: nunca más. Nunca más le tomaría la mano desde las alturas para darle seguridad infinita. Nunca más lo abrazaría con fuerza para elevarlo a los cielos. Nunca más vería la risa de aquellos dientes ennegrecidos pero plenos. Nunca más lo rasparía con su barba en plan de juego. Nunca más correría por los ingredientes para ese arroz enorme. Nunca más un festejo podría ser pleno. Nunca más encontraría ese cariño. Nunca más la vida sería lo mismo.

Pero en la memoria de Julián también se encuentran esos ratos de juego brusco pero cariñoso, esas persecuciones por arriba de sillones y camas, los ataques de cosquillas que lo dejaban sin respiración, a punto de llorar; unos baños en el vapor con la sección del periódico para niños pegada en los muros, sección que su padre le leía con paciencia infinita. Todavía hay momentos, cuando está solo en el coche, atrapado en un tapón, en que la garganta se le seca simplemente por recordar esa tarde en el parque, pero también las almohadas volando y las poderosas piernas que lo aprisionaban. Así de poderosa es la memoria. Después del presente sólo ella puede ser tan intensa. ¿Cómo actuará su memoria después del 15 de marzo?

52

Suena el teléfono. Mariana corre, está desnuda, lleva una toalla en el brazo.

—¿Sí? —dice, su respiración está agitada.

—Mariana, soy Julián.

—¿Cómo estás?

—¿Por qué no me llamaste?

—Sí llamé, pero contestó la máquina.

—¿Qué te pasa?

—Nada —dice ella. Julián oye un ruido.

—Mariana, ¿hay alguien allí? —un silencio brevísimo fue más que suficiente.

—Sí, responde ella. Silencio de nuevo. Muchas veces lo platicamos.

—Pero, Mariana, Mariana, Mariana.

—Me dijiste que podía hacerlo —Julián empieza a sollozar—. De hecho muchas veces me dijiste que lo hiciera, que mi vida era mía —Betanzos se incomoda, se viste con rapidez mientras Julián y Mariana intercambian expresiones muy cortas. Se da cuenta de lo que ocurre. Deja la habitación discretamente, pero se escucha la puerta que se cierra.

—Mariana, Mariana, Mariana.

—Pero Julián. No he hecho nada.

—¿Qué, cómo crees que voy a creer?

—Nunca te he mentido. Lo iba a hacer, eso sí, pero si no quieres…

—Mariana, Mariana, Mariana, ¿está allí?

—No, ya salió.

—Es Betanzos, ¿verdad?

—Sí, pero nada ocurrió.

—¡Cómo que nada ocurrió! ¿Estás vestida?

—No, en toalla.

—Mariana, Mariana, Mariana —Julián solloza incontenible del otro lado.

—Julián, no ha pasado nada.

—Mariana, Mariana, Mariana.

La noche fue tormentosa. Gritos, lágrimas, desesperación de ambos. Decenas de llamadas fueron y vinieron. Julián comenzaría su periodo de mayor oscuridad.

53

Julián puede dolerse de muchas cosas en la vida, pero no de falta de intensidad. Su memoria rebelde le arroja las imágenes y él revive. No sólo las de la infancia, también las escenas de guerra en la selva, los niños con las bocas llenas de moscas en África, aquella señora elegante muerta en un poste. Por qué. ¿Cómo explicar que Julián saliera tan atrevido? Quizá porque después de la muerte de su padre sólo su propia muerte podía amedrentarlo. Pero ese arrojo comenzaría su huida después de la llegada de Juan María y de Bibiana. La paternidad llevó a Julián concebir el dolor que su ausencia podía provocar en ellos. Antes de los partos Julián era de un atrevimiento notable, después moderado.

El caso de Mariana es muy diferente. Mariana tiene que admitir que don Benigno, el santo, carecía totalmente de capacidad de juego. Las bromas eran vistas con recelo en esa familia; no había carcajadas. A lo más que llegaba aquel padre era a entregarle una bella muñeca con un vestido rosa y zapatos de charol para que ella jugara en silencio. El juego como irrupción gozosa de la irracionalidad no tocó la casa de los Gonzalbo Valdivieso. Los cumpleaños de Mariana se festejaban invitando a tías y tíos y cuando más un par de amiguitas. La gran concesión era que ella escogiera el menú. Un pastel casero aparecía al final y todos le cantaban en perfecto desorden y fuera de tono. La fiesta culminaba temprano, cuando don Benigno decía suavemente: Tengo que regresar a la clínica.

Pero si la ausencia de juego es grave en la memoria de Mariana, mucho más lo es el vacío de cariño carnal. Doña Sofía abrazaba a la niña Mariana, por supuesto, sobre todo después de alguna caída. Pero sus brazos eran rígidos, no la frotaban. Por la mañana la despertaba con una caricia en la mejilla. También es cierto que después la bañaba sentada en un banco en la tina a medio llenar. Había algunos besos y caricias, pero algo de calor no estuvo allí. Mariana no recuerda la mano de su madre como un refugio deseado sino como una previsión al cruzar la calle. La peinaba todos los días, pero el cepillo tenía una sola misión: acomodar el cabello, no había caricias disfrazadas de peine. Por supuesto que su padre la curaba de todo, la auscultaba con las manos suaves y limpias cuando el estómago sufría algún recargo. Ponía el estetoscopio en su espalda para oír sus pulmones durante una gripa. Pero esas manos lo hubieran hecho exactamente igual con cualquier otro paciente. Sus dedos nunca se fueron a las axilas para provocar risa. Es curioso, la memoria de Mariana no le da tregua con esa grave ausencia de cariño, le recuerda un vacío. La memoria de Mariana cruza por una niñez monótona, sin altibajos, sin intensidad.

Por eso cuando apareció Julián hubo varios contenidos nuevos en su vida. En una de las primeras ocasiones, después de comprar una nieve o algo así, Julián puso las monedas de inmediato en la bolsa de su blusa, que por cierto estaba muy cerca de su pecho. La había besado antes, sin duda, y aquel beso en un Renault pequeño y empañado la dejó jadeando. Las manos de Julián le frotaban las piernas y el brazo, le daba un empellón en broma, él fingía ahorcarla, le sacudía la cabeza, le tomaba la nuca. No lo hacía con premeditación, así era. En Julián el código carnal era abundante y generoso, ¿cómo se podía querer a alguien sin tocarlo? Absurdo. Las manos de Julián centraban los pantalones de Juan María e igual iban a las calcetas de Bibiana. Julián cortaba las uñas de toda la familia, era como una sesión de acicalamiento. Bañarse con Julián era una locura, pues jugaba con el jabón por todas partes, como si la frecuencia de las caricias se multiplicara por mil. Fueron esas manos, esos labios los que llevaron a Mariana a descubrir en su memoria la gran ausencia carnal de su infancia. Su memoria no perdona nada. Ahí los brazos de doña Sofía son fríos, sus cumpleaños aburridos y los infaltables besos nocturnos de su padre un gesto invaluable de su cariño que se convirtió en un trámite. El déficit de juego y de intensidad es parte del sufrimiento privado de Mariana. Todo eso estaba allí cuando el viento tiró la copa de vino. ¿Pero podrá Julián comprenderlo y salir de las tinieblas? De la monotonía a la intensidad involuntaria hay un abismo.

54

Mariana abre la puerta. Tiene los ojos llorosos y una terrible angustia reflejada en la cara. Es casi la una de la tarde. Julián yace postrado con los ojos enrojecidos y la mirada al techo. Las cortinas están cerradas. La ve y mueve la cabeza de un lado a otro. Mariana se aproxima, él la rechaza con violencia. Vuelve a llorar incontenible. Se voltea sobre la almohada. Llora sin interrupción posible. Se encoge, tose. No pasó nada, dice ella. Él la mira sin consuelo. No puede sacar de su mente ese instante en que escuchó ruidos en el cuarto, ese instante en que se percató de que alguien estaba con Mariana. Cae en una hoguera.

55

Julián casi no come. Ha recibido numerosas llamadas de clientes que no toma. No habla. Por las mañanas no sale de la oscuridad; por las tardes deambula por la casa o va a tomar un café. No le dice nada a Mariana. Prende cigarros que medio fuma. Bebe whisky.

Juan María y Bibiana se han percatado de que algo grave ha ocurrido. Mariana trata de fingir normalidad. Julián los mira en las comidas con la vista fija. Bibiana trata de animar a su padre con besos y le pregunta qué te pasa, nada dice él en automático. Mariana va poco al despacho y trata de no toparse con sus colegas, que la miran como siempre. Nada hay de qué avergonzarse, piensa, pero no puede ser igual. Mira para atrás y se ve viva. Pero la caída no termina. Una mañana, como casi diario, Mariana le frota la espalda a Julián, que siempre permanece impávido y llorando. Pero ahora voltea con cierta rudeza y la besa; ella se desconcierta, él comienza a hacerle el amor con furia. Ella accede por condescender, no entiende su excitación. Lentamente cae en el juego. Él le pregunta con insistencia: ¿Lo gozaste?, ¿lo gozaste? y ella responde con espanto: No ocurrió nada, no lo hice. No puede ser, dice Julián y se retira de inmediato. La monotonía está rota.

56

La duda destruye. Pareciera que taladra los cimientos más sólidos. El hogar de Mariana y Julián era una edificación construida con tiempo, sin prisas, con los materiales que pensaron indestructibles: el amor y cariño reales. Una llamada de trámite, un silencio, un ruido delator y todo comenzó a tambalearse. La duda atravesaba la mente de Julián. Por qué lo hizo, por qué me mintió, por qué contestó el teléfono, por qué no lo acepta. ¿Quién es? Si Mariana mentía era una mujer, de no ser así era otra.

Julián fingía frente a los niños hasta donde era posible, pero los silencios en la mesa inundaron sus encuentros. No se hablaban. De pronto Bibiana hacía preguntas que nadie contestaba. Pedían la sal a Julián y él no escuchaba. Su mirada se quedaba clavada en Mariana como si fuera una desconocida. Por las noches, en la misma cama de siempre, Julián pensaba que desconocía a la persona que estaba junto a él, que ella había llevado una vida aparte. Mariana procuraba cada oportunidad para acercarse y tocarlo. De pronto él le hacía el amor con furia y coraje y le preguntaba una y mil veces: ¿Lo gozaste, lo gozaste? Mariana ya no sabía qué responder, si decía sí, era admitir lo que había negado mil veces: quedaba como mentirosa y además mentía en la respuesta. Si decía no, él le espetaba: Mientes, dímelo, dímelo, admítelo de una vez por todas. Después se separaban y los ojos de Julián mostraban un enojo sin fin. Lanzaban dardos hirientes.

Todo cambió. Prefería estar solo con los niños. Ella no existía. Se desaparecía en su propia casa. En las formas su vida era igual y, sin embargo, Juan María, Bibiana y Francisca sabían que algo andaba mal. Julián se empezó a quejar de la comida, algo que nunca ocurría. Salía muy noche del laboratorio o se inventaba viajes para estar fuera. Bibiana dejó de reírse de cualquier cosa y Juan María se fue callando. No hubo gritos ni portazos. Nadie arrojó ningún plato a la pared, simplemente Julián dejó de tener ánimo de vivir. Por las noches o él estaba ya en la cama leyendo un libro, impávido, y poco después apagaba la luz sin decir buenas noches, o ella esperaba mientras él se refugiaba durante horas en la oscuridad del laboratorio.

Los pánicos nocturnos fueron sustituidos por un insomnio feroz que lo llevaba al televisor: miraba los noticiarios europeos en la madrugada. Francisca preguntaba: ¿qué le pasa al señor? Nada, respondía Mariana de inmediato, tiene problemas en el trabajo. Francisca no le creía. Atormentado por las mismas preguntas, si lo había hecho o no, o por qué le mentía, Julián fue perdiendo cierto sentido de realidad. Se despertaba tarde. Era impuntual en las citas. No contestaba las llamadas. Por supuesto, el dinero empezó a escasear. Mariana sacaba de su cuenta de ahorros una semana sí y otra no. Don Benigno y doña Sofía intuyeron algo y le preguntaron a Mariana. Fue un domingo, después de una comida repleta de silencios. Ella no soltó prenda. Todo está bien, es una mala época en el trabajo. Eso es todo. Don Benigno la miró fijamente sin creer palabra, pero sin decir nada.

La duda siguió haciendo su trabajo. Julián no preguntaba pero husmeaba por todas partes: las llamadas telefónicas, la agenda electrónica de Mariana. Cualquier resquicio era suficiente para una mirada inquisidora. Perdida la confianza, todo sonaba a traición. Llegar tarde, cambiar de planes, un recado no transmitido. Todo era causal para agravar la duda. Hasta dónde irían. Lo esencial estaba roto. Lo demás eran hábitos, costumbres.

57

Lentamente Julián comenzó a salir de su cueva diurna. Pero los pánicos nocturnos regresaron. Julián preguntaba incansable por cada momento, minuto tras minuto, el avión, la comida, el recorrido, el mar, la terraza, la ducha, el vino, el beso, las reacciones. Sí, sí, sí, decía Mariana y él le hacía el amor con furia. Ella trepaba hasta los cielos, pero después llegaba el rompimiento. ¿Te hizo el amor? No, decía ella, no, te lo juro, yo no miento. Y allí él resbalaba de nuevo en la oscuridad. El tiempo, objetivo y subjetivo, Newton y Kant, hicieron su trabajo. La vida se impuso. Julián tuvo que volver a salir, fue a registrar la violencia de las bandas de narcos en el norte. La cacería fotográfica reinició su marcha.

Mariana regresó al despacho, vio a Betanzos, pero nunca estuvieron solos. Él fue muy amable, cariñoso, sin excesos. Su serenidad hizo que ella se sintiera aliviada. Cuando hablaban por teléfono todo era con precisión milimétrica. El ingeniero jamás dijo una palabra indebida. Ni siquiera preguntó. Aquel día volvieron en el avión en silencio, cruzando las palabras imprescindibles, mientras las lágrimas salían de los ojos de una Mariana angustiada. Entre ellos era como si el incidente no hubiese existido. Cuando tenían que verse en el despacho o en su oficina, Mariana perdía concentración entre un mar de recuerdos muy intensos. Conforme Julián fue saliendo de su pesadilla, sus encuentros amorosos se incrementaron. Pero cierta furia lo invadía y una energía brutal los visitaba a ambos. La obsesión de Julián era la misma: ¿Lo gozaste? ¿Por qué no admites que lo hiciste? Mientes. Y entonces venían las disputas. Mariana no terminaba de entender cabalmente lo que cruzaba por la mente de Julián: odio, desconfianza, excitación. Era claro que Julián estaba inestable. Por las noches se levantaba angustiado y lloraba. En el día la llamaba mil veces para saber dónde estaba. Cuando la veía salir arreglada la chuleaba con rencor. Al llegar a casa la olía como sabueso. Una noche, en un viejo restaurante colonial, Mariana tomó un par de martinis secos, después se toparon con unos amigos suyos que brindaban alegres. Mariana les tocaba el brazo con una naturalidad asombrosa. Julián la miró con extrañeza. Algo íntimo había cambiado en Mariana. Estaba afectaba pero no deprimida, al contrario. Trataba a Juan María con particular paciencia y con Bibiana bromeaba más. Julián oscilaba entre la furia, la pasión carnal y la oscuridad. La palabra Betanzos entró a su discurso erótico. ¿Lo gozaste?, le decía él. Sí, contestaba ella. ¿Te hizo bien el amor? No hice el amor, respondía ella. Así fue mil veces.

Julián regresó con la doctora Mirelles. Dos ocasiones por semana se desaparecía silencioso. Lloraba con ella pero siempre regresaba al incidente: Mariana, su Mariana en la habitación 111 del Hotel Ejecutivo, desnuda con un hombre, besándose, tocándose, bañándose, ¿haciendo el amor? No lo sabía, era obvio que debió de haber ocurrido. Pero Mariana no mentía. De hecho, siempre le había contado todo: eso suponía Julián. Ahora le admitía el preámbulo pero no la conclusión. ¿Por qué hacerlo? Además, ellos habían hablado mucho de ese asunto. Una fidelidad obsesiva era atípica, anormal, enfermiza. Ella era una mujer muy atractiva, algún día podría ocurrir y sería casi deseable. No engañar era el acuerdo en que todo se aceptaba. Todo era todo. Julián se lo repitió mil veces mientras hacían el amor. Si Mariana no lo engañaba, ¿por qué la furia? Pero había allí un territorio de confusión. Si no mentía, ¿por qué no le había dicho que estaba con alguien hasta que él escuchó el ruido? ¿Cuál era la preocupación central? ¿Acaso el romance, la penetración o el instante de sorpresa? Julián salía de las sesiones con la doctora Mirelles tambaleándose por una complejidad que abrumaba su cabeza. Fue uno de esos días en que Elena Mirelles le dijo que no podía seguirlo viendo. Julián no entendió muy bien, pero el hecho es que las sesiones se suspendieron el último día del mes. Más marejadas caerían sobre Julián.

58

Ocurrió en el momento menos esperado.

Ambos habían pensado en la posibilidad por meses. Pero la palabra no apareció. Fue una mañana.

Mariana salía del baño presurosa, tenía un día complicado. Julián aguardaba pacientemente para entrar a ducharse.

Sin esperar mayor reacción, Mariana le dijo:

—¿Podrías recoger a Bibiana de su clase? Es a las cinco y media, yo tengo una reunión.

—¿Con tu amante? —preguntó él burlón.

—No es mi amante —respondió ella con enojo—, y la cita no es con él.

—¿Quién te crees?

—Es la verdad.

—Es mejor dejarlo aquí —dijo Julián.

De nuevo había dormido mal. Estaba exhausto y eran apenas las 8:30. Mariana quedó en silencio. Se le llenaron los ojos de lágrimas. Se sintió ofendida.

—Si tú lo quieres —dijo ella. El orgullo de Julián quedó atrapado.

—Será mejor para todos —respondió.

Dudó de sus palabras. Tuvo miedo. Ninguno cedió. Mariana dio la media vuelta y antes de salir de la habitación, en total control, le dijo.

—Como tú digas.

**

Un individuo gordo y con camisa estridente es arrojado dentro de una patrulla por policías de negro. Todo se mueve.

**

59

Juan María frunció el ceño entre sus ojos cafés y bajo su fleco güero. Bibiana lloró y lloró desde antes de escuchar palabra. Se enjugaba las lágrimas con su blusa. Papá y mamá, dijo Mariana, estamos pasando por momentos difíciles. Por lo pronto será mejor que vivamos separados. No se pronunció la palabra divorcio. Fue Juan María quien les preguntó severo: ¿se van a divorciar? Mariana miró a Julián en silencio y él dijo con dolor que podría ser. Juan María se levantó de la silla y salió corriendo a su habitación. Bibiana fue a abrazar a su madre sin consuelo. Julián se quedó solo, vacío, en pleno desconcierto. Su mundo se desmoronaba. Más sufrimiento. Parecía victimario y se sentía víctima. Él saldría de la casa. Ya había visto un pequeño departamento en las cercanías. No podía trasladar el laboratorio. Para recoger a los hijos sería mejor. Era lo más práctico para todos. Lo práctico parecía ser una guía segura. Por supuesto, erró.

60

¿Qué impulsó a Julián a pronunciar esas palabras? Probablemente una falsa concepción de honor. Pero sobre todo la desesperación. Pensó que difícilmente podría estar peor de lo que estaba. Se equivocó. Su idea acumulativa de la felicidad estaba destrozada. Él era una clara muestra de la injusticia divina: huérfano temprano, hijo único y con una madre que en el fondo odiaba. Sintió que su sufrimiento, el público y el privado, había ido más allá de lo tolerable. Después de casi veinte años de entregar todo, su Mariana lo había engañado y le había mentido. Su única razón de vida eran Juan María y Bibiana. Su mejor compañera una Leica mecánica de 35 milímetros. La era digital tardaría en tocar su entraña. Solo, en su pequeño departamento, rodeado de sus objetos, Julián pretendió iniciar una nueva vida. Gozaría de más tiempo para su trabajo, eso siempre suena bien en la vida moderna. No tenía restricciones para ver a sus hijos. Se compró una motocicleta roja y muy veloz. ¿Por qué no? Quiso convencerse de que era ideal. Lo mejor estaría por venir, aunque no fuera lo que él hubiera imaginado y deseado. Estaba muy herido, pensó que debía estar abierto a todo. Bibiana siguió siendo muy cariñosa, se arrojaba a sus brazos al abrirse la puerta. Juan María estaba enojado, muy enojado. Un día al salir del cine, en pleno estacionamiento, estando los dos solos, él le pidió una explicación: Dime qué pasó, tengo derecho a saber. Julián se sintió arrinconado. No quería decirle lo típico, tu madre se involucró con otro. Ni siquiera estaba seguro. Me mintió, fue la respuesta. ¿Y por una mentira todos debemos sufrir? Qué orgulloso eres, le dijo con rabia. No te entiendo, fueron las palabras que le arrojó mientras caminaba hacia el auto. Esa noche Julián no pudo conciliar el sueño. Al día siguiente debía cubrir una gran marcha homosexual en favor del reconocimiento de parejas. Demacrado, sin ánimo de nada y además con tos, Julián ya no encontraba alivio. Y por una mentira todos debemos sufrir, le retumbaba en la cabeza. Todos lo incluía a él.

**

Un poste de madera quebrado a la mitad cuelga de sus cables.

**

61

A Mariana la comisura de los labios se le cayó. Lo peor fue la escena en que les anunció la separación a sus padres. Doña Sofía se enojó y les reclamó a ambos, a Julián en ausencia, mayor seriedad y sacrificio. Don Benigno, excepcionalmente, se quitó los lentes y se enjugó los ojos. Cuál es el motivo, preguntó la madre. Mariana guardó silencio; después de un momento respondió: Un mal entendido. Se quedó pensando.

62

Julián tuvo una pésima noche. Sus fantasmas lo asaltaban sin tregua. Pidió cita con la doctora Mirelles, no se la dieron. Pidió hablar con ella, se la negaron. Insistió hasta que ella tomó la bocina.

—¿Qué pasa? —preguntó él.

—No puedo seguirte viendo.

—¿Por qué?

Hubo un silencio.

—Es por ética profesional.

—¿Qué?

—Sí.

—¿A qué te refieres?

Silencio de nuevo.

—Me alteras, no puedes ser mi paciente.

—Pero quiero verte, necesito verte.

—Yo también.

Ahora fue Julián el que guardó silencio.

—Voy al consultorio.

—No —respondió ella de inmediato—. Te veo en mi apartamento. Rodin 433, interior 10. Mañana a las ocho.

—Está bien. ¿Cuál es el teléfono?

—Tienes mi celular. Oye Julián, ya no vas a ver a tu analista sino a Elena.

Julián guardó silencio. El coraje contra Mariana lo ayudó.

—Sí.

*

Una mujer sentada y vestida elegantemente mantiene el brazo alzado en posición inhumana. Es el museo de cera.

63

¿Qué te pasa?, le preguntó Óscar con total inocencia, ¿dormiste mal? Sí, respondió Mariana para salir del paso, además era cierto. Bibiana la había despertado dos veces, como ocurría casi a diario desde la separación. Ya no reía ni hacía bromas. La vida se le había complicado. Nadie en el despacho lo sabía. Mariana no tenía claro cómo decírselo a ellos. Además, era su asunto. No quería que ni por error la fueran a vincular con Betanzos. Le perderían el respeto. Cada vez se vestía con menos colorido y más ocres. El tiempo objetivo de Newton la gobernaba, se sentía vieja. Había tratado de eliminar los contactos con Betanzos. La energía se había ido. Hacía lo mismo de siempre; sus ejercicios de mañana, su té negro. Pero ahora siempre rompía los silencios prendiendo la radio. El desgano y la tristeza los inundaban a todos en esa casa, incluso a Francisca, que trabajaba sin esmero. El final de la historia no sería bueno como lo habían imaginado. También lo habían deseado. Por las noches dejó los tapones, ya no había ronquido del cual protegerse. Una noche fue a la cocina por un vaso de leche; serían cerca de las doce. La novela que intentaba leer se le caía de las manos. Había buscado refugio en el zapping de la televisión. Al servir el vaso de nuevo se produjo el sonido: los relojes se perseguían.

Se acordó de aquel miércoles. Le pareció muy lejano. Se soltó a llorar.

64

Contestó el teléfono en el despacho. Le llaman de su casa, dijo la secretaria. Era Francisca, qué raro. Habían llamado de la escuela. Juan María se había liado a golpes con un compañero y después había salido corriendo del plantel. No sabían dónde estaba. Mariana había notado cierta rebeldía, quiso pensar que era la adolescencia, un monstruo de mil cabezas. Era inconcebible, había gritado a los maestros y además empujado al guardia de la puerta. Estaba violento, le dijo la directora. El sudor llenó la frente de Mariana. Llamó a Julián. Contestó una grabadora. El llanto la invadió. No pudo evitar que todos se percataran. Les contó la historia sin demasiados detalles. Salió de allí. Fue a la escuela, le narraron la misma historia. Pidió disculpas al guardia, que la miró con recelo. Recorrió las calles aledañas. Una terrible angustia la dominaba. Ella era culpable. Recogió a Bibiana con un exceso de cautela y fue a su casa. Llamó a la policía con manos temblorosas. No había nada. Julián estaba de viaje en una reserva ecológica; se sintió sola, muy sola. Al anochecer se abrió la puerta. Entró Juan María. Quiso reprenderlo, no pudo. Sus palabras sonaban huecas. Él la miró con verdadera furia. Sus ojos estaban inyectados. No respondió nada. Tomó del refrigerador unas rebanadas de jamón y la leche. Bebió a grandes tragos, como un bárbaro. Se fue a su cuarto y azotó la puerta. Nunca había habido un episodio así. Todo lo que le ocurría era inédito e intenso. Julián se reportó tarde, avanzada la noche. La directora había sido muy clara, la crisis de Juan María llevaba ya tiempo, el olor a cigarro no era novedad para Mariana, sí que le faltara al respeto a sus maestros y se fuera de la escuela. ¿Dónde estaba aquel Juan María apacible y risueño? Julián, del otro lado de la bocina, fingía calma, pero se mordía los labios sin cesar. ¿Por qué a él de nuevo? No había justicia.

65

Julián tocó el timbre. El silencio lo atrapó un momento. Se abrió la puerta, hola dijo ella y sin preguntarle le dio un beso en la mejilla. Julián quedó desconcertado. Pero no molesto. Era una mujer bella, de sonrisa equilibrada y mirada estable. Su pelo era castaño claro. Por primera vez la vio sin traje sastre y sin medias. Llevaba una falda holgada y una blusa típica sureña. Hacía calor. No debía ser así. Sólo dio una explicación de por qué interrumpir las sesiones: me importas demasiado. Para un Julián herido, la expresión fue como un linimento. Le ofreció unas aceitunas y un whisky. Ella tomó vino rojo. Acéptalo, le dijo sin tono de consulta, más bien parecía provocadora: a ti te enloquecía la idea de que Mariana estuviera con otro y tú como juez final, era perfecto. Jamás, dijo él. Pero se quedó pensando. Tú lo provocaste, admítelo, deseabas que se fuera con otro. No, reaccionó Julián con enojo. En el fondo eres muy posesivo, pero no quieres correr ningún riesgo. Que sea de otro, pero con tu autorización: la infidelidad pronosticada es mucho mejor.

Sin miramientos se acercó a él en el sillón. Puso el brazo sobre su espalda. Julián sintió un calor que añoraba.

Salió aturdido después de un beso fugaz. Para las noches le recomendó un tranquilizante natural. Llegó a su departamento y recordó el día en que Juan María lo atacó con un balón impertinente. Julián lo tiró en el piso y le propinó un ataque de cosquillas. Juan María se molestó y corrió con enojo real. Juan María lo había agredido con el balón, pero Julián no lo registró en ese momento. Sólo ahora lo comprendía. El muchacho le pegó una patada en el costillar. Julián pensó que había sido descuido y cayó al piso riendo pero dolido. Juan María desapareció. Fue un aviso que Julián no entendió. Después Mariana entró al silencio. Todo por una mentira. ¿Sería una mentira?

**

Dos enormes cabezas de puerco colgando en un mercado.

**

66

Todos los días había novedades. Justo el día de una importante ceremonia escolar, a Bibiana le llegó su primera regla. Ya sabía del asunto, Mariana se lo había explicado varias veces; de hecho la madre estaba un poco preocupada por los tiempos. A sus compañeras ya les había bajado. Pero aun así, ese día Bibiana se sintió terriblemente incómoda y quiso regresar a casa. No era para menos. Todo era normal, salvo la sorpresa de la primera vez. Llegaron a media mañana a la casa. Mariana había tenido que cancelar una cita importante con el proveedor de un material para las villas. Por más que fingía, estaba verdaderamente de mal humor. Trató a Bibiana con desdén. Para Bibiana era el inicio de una vida, de una rutina molesta e inevitable; ya era una mujercita, la gran novedad de su mundo. Mariana no supo entenderla, le dijo que no era necesario regresar a casa. Bibiana se sintió muy ofendida. Mariana comprendió tardíamente su error, trató de abrazarla. La joven salió corriendo.

Después del incidente en la escuela, Julián intentó hablar con su hijo. Fueron a una cafetería. Juan María se burló de él y le dijo que nada tenía que enseñarle. Se levantó de la mesa y lo dejó solo. No reconocía autoridad alguna. Salía casi todos los días con sus amigos hasta entrada la noche y regresaba con los ojos rojos, con olor a alcohol y a tabaco. Mariana sufría las horas de desaparición.

Una mañana, después de su ejercicio, con el pelo húmedo de sudor, Mariana bajó la cabeza sobre el lavabo y miró un grupo de canas del cual no se había percatado. Era Newton, que implacable hacía acto de presencia. Una pesadez insólita cayó sobre su día.

67

¿Mintió Mariana?, ¿le mintió a Julián? Las mentiras son una de los grandes misterios del ser humano. La consigna de no mentir es tan común como las mentiras mismas. Todo mundo condena la mentira y, sin embargo, al final del día se concede licencia a muchas mentiras. Pasamos así de la consigna absoluta a una visión relativa. Leszek Kolakowski es un brillante filósofo polaco que ha abordado el tema con lucidez. "La mariposa le dice al pájaro no soy una mariposa, tan sólo una hoja." Festejamos entonces su capacidad de engaño. Salva su vida mintiendo y eso no lo vemos mal. En cambio, cuando un reptil se camufla para devorar a un pájaro pensamos en vileza. Al final del día también lo hizo por sobrevivir. Mentir en la guerra es lo mínimo que esperamos de un general que se respete. Aplaudimos los engaños de los aliados contra el III Reich; en particular las marometas de Normandía. Ocultar a un perseguido político o racial o por cualquier causa injusta es una buena razón para mentir. Los gobernantes recurren con frecuencia a la mentira, todo con el afán de no alarmar o provocar pánico. Eso nos lleva a los motivos. Mentir nunca es por sí mismo bueno. Quizá lo más útil sea mirar a las causas de la mentira.

Si recordamos exclusivamente la escena no tendríamos duda de condenar a Mariana. Una mujer adorada por su esposo, madre de dos hijos que la necesitan, es sorprendida por un telefonema. Contesta jadeante. Admite estar semidesnuda, hay un ruido en el cuarto, es alguien que camina o se mueve. Ella no advirtió sobre esa presencia. ¿Estaba acaso ocultándolo? Por supuesto, sería la respuesta. Pero si de verdad estaba engañando, ¿para qué contestar el teléfono?

En desagravio de la acusada, señor juez, quiero recordar a usted que en sus noches amorosas Julián le propuso mil veces a Mariana que tuviera relaciones con otros hombres. Eso lo enloquecía. La simple idea lo trastornaba. Permítame recordarle sin embargo, señor defensor, que la condición expresa que se planteó en todo momento es que no hubiera engaño, que el juego fuera abierto. Pero de nuevo: ¿tuvo ella la oportunidad de abrir el juego? Debió tomar la bocina y decir: "Julián, mi vida, buenas noches, fíjate que voy a hacerlo con otro así que te llamo más tarde." Pero resulta que es la primera vez que Mariana se encuentra en esta situación. No ha tenido tiempo de practicarlo. No ha habido repetición. Nadie suele mentir porque sí, dice Kolakowski, normalmente hay causas detrás de cada mentira; desde la simple amabilidad hasta razones de Estado, como aducen con mucha frecuencia los gobernantes. Si Julián no hubiera llamado, ¿habría Mariana contado el episodio? Ella alegará que por supuesto, pero el hecho es que nunca lo sabremos bien a bien. Tendremos que recurrir a la fe: ¿le creemos a Mariana o no le creemos?

Pero hay algo todavía más grave. Mariana y Betanzos por lo menos comenzaron algo. El viento que tiró el vino y el movimiento descuidado de Mariana, que enseñó la pantaleta, les abrieron el camino. Se besaron con pasión por largos minutos. Betanzos se sintió en la gloria, vivo, feliz. Ella no quería perder un segundo de lo que le sucedía. Entraron a la recámara. Mariana debía cambiarse de ropa. Él quería ducharse; se sentía sudado. Ella, confundida, lo entendió como parte del ritual: ir a la ducha sin necesitarlo. Hacía mucho calor, por qué no ducharse de nuevo, lo único que la contuvo un momento fueron las cremas, tener que volver a untarse todo el cuerpo. No habría tiempo. Llegó un momento sin retorno: ella se desnudó gozando la mirada de aquel hombre. Estuvieron desnudos en los prolegómenos del amor: besándose, tocándose, friccionándose. Mariana salió primero. Se quería enrollar en la toalla. Según Mariana nunca llegaron al hecho, de eso no se retracta, tampoco de la intención, lo íbamos a hacer, dijo y dice, pero no llegamos. Sonó el teléfono. ¿Tuvieron tiempo para hacerlo? Objetivamente sí, por supuesto. Quizá lo hicieron y ella, ex post, no quiere admitirlo. Pero en ese caso es el peor de los mundos posibles. ¿Para qué contestar el teléfono? ¿Para qué estando Betanzos en el cuarto? ¿Para qué admitirle los besos, las caricias, la desnudez y todo lo demás? Quizá fue una relación fallida y entonces Mariana prefiere olvidar esa parte o quizá de verdad no lo hicieron y nuestra inculpada, la persona sentada en el banquillo de los acusados, en realidad no está mintiendo; por el contrario, no supo mentir cuando quizá debió hacerlo para no herir a Julián. Fue tan torpemente honesta que tomó la bocina estando su amante en la habitación; torpe porque sabía que esa llamada muy probablemente sería de su muy controlador marido y de nadie más. Si estaban por hacerlo era el mejor momento para aniquilar todo erotismo: "Espérame un momento, voy a tomarle la llamada a mi esposo y de pasada saludaré a mis hijos." No es real.

No lo hice, no lo hice, le ha dicho Mariana mil veces a Julián mientras le sobaba el lomo y lo escuchaba sollozar y él preguntó también mil veces por qué lo hiciste. No quiere creer lo que ella le dice. En medio está la posibilidad de mentir, del engaño, del ocultamiento. Curiosamente, la intención no está en duda: Mariana fomentó sin aceptarlo un flirteo que desembocó donde debía desembocar. Quería hacerlo y se lo ha dicho. Pero, ¿qué ocurrió en verdad? La vida misma de ambos se juega en esos detalles.

**

Un policía señala con el índice una inmensa mancha de sangre en la calle.

**

68

Sonó el teléfono. Mariana se sobrecogió. Eran casi las once de la noche.

—Mariana, Mariana.

—Mamá, qué pasa.

—Se nos muere, lo están subiendo a la ambulancia. Nos vamos a cardiología.

Despertó muy seria a Juan María, que se quedó pasmado. Mariana corrió al hospital y desde el coche llamó a Julián. No pudo evitarlo. El pretexto fue decirle que los hijos se quedaban solos en el apartamento. Julián comprendió el mensaje: estoy quebrada. Reaccionó a la altura. Él, gracias a la flamante motocicleta, llegó primero. Cuando entró al hospital con el casco en la mano, doña Sofía, bañada en llanto, abrazaba a un médico. Don Benigno había muerto en el trayecto. Parecía ser un trombo. Mariana entró sollozando, comprendió con una mirada. Tomó a su madre y lloraron juntas. Miró a Julián y le dio un beso cargado de todo: tristeza, cariño, emoción. Julián tenía los ojos llorosos. Él se haría cargo de los trámites. Por primera vez, la muerte había tocado a Mariana. Julián le llevaba ventaja en eso de sufrir. El ciclo de la vida se cumplía en orden. No había retorno. La próxima generación era la suya. Mariana pensó en la muerte, en la propia.

69

Julián había caído en un remolino de desconfianza. ¿Por qué le mintió Mariana, y de ser así cuántas veces más le habría mentido? Pero hacia atrás había una larga historia de sinceridad comprobada por Julián. Sinceridad en sus filias y fobias más íntimas. Su madre, su padre, la amargura, la mediocridad bondadosa. Mariana no se reservó demasiado para sí misma. Incluso ha contado a Julián muchas veces, por curiosidad de él, sobre cómo la besó su primer novio o la primera ocasión en que se dejó acariciar los pechos. En otra ocasión, estando con un compañero de la preparatoria en la sala de su casa, fue descubierta nada menos que por su padre. En silencio y sin decir palabra, el doctor se retiró y nunca dijo absolutamente nada; fue como si el hecho no hubiese existido, la mejor de las complicidades, complicidad que ella jamás hubiera esperado del doctor Gonzalbo.

¿Por qué entonces Mariana habría de mentir justo en eso, en algo acordado? ¿Qué hubiese sucedido en una situación diferente, semanas después, quizá de nuevo en su restaurantito italiano comiendo una ensalada caprese y tomando alguna copa de vino tinto chileno, si le hubiese dicho, tomándole la mano, con calidez: Julián, tengo algo que contarte, lo hablamos muchas veces, ya ocurrió? Seguramente no la habría felicitado. Pero ¿habría enloquecido como le sucedió aquella noche? ¿Cuál habría sido el efecto sobre Mariana de la infidelidad programada? ¿Quedar herida y cruzada por la vergüenza, o exactamente lo contrario, una gran seguridad y arrojo como mujer? Recordemos que al regreso de su primer encuentro con Betanzos en el despacho, el miércoles fatídico de los dos instantes, Mariana llegó a casa alterada, por decirlo con suavidad, o excitada. Fue la noche en que hicieron el amor por su iniciativa en el cuarto de televisión. Estaba fogosa y Julián quedó asombrado. Allá frente al mar Betanzos fue mucho más lejos, la halagó por su trabajo profesional. Él y el viejo del restaurante le hablaron de su belleza y eso provocó que se sintiera todavía con más energía. Esa noche, motivada tan sólo por unas palabras amables y algunas miradas, Mariana llegó al nido de su amor pero también al de su rutina con una pasión amorosa recuperada y fortalecida.

No vivía el calendario con las primeras señales de madurez que vio en el espejo de la entrada; de hecho era horas mayor y estaba cansada. Eso era lo objetivo, Newton. Pero Mariana vivía un calendario interior muy complejo, el de Kant, pues venía del fastidio, de la rutina, de los relojes persiguiéndose y persiguiéndola, del reconocimiento profesional, del halago y de algo de coquetería. No dijo nada porque poco era lo que había en el tintero. Pero mostró un cambio tan evidente que el propio Julián no salía de su asombro. Julián no sabe todavía si Mariana le mintió o no. Por momentos está convencido de que lo hizo y lo que le duele, como una daga clavada en el corazón, no es la penetración en sí sino el hecho de que le hubiese mentido.

Julián anda herido por la deslealtad, pero ¿a qué somos leales, a quién somos leales? Hay lealtades básicas sobre las cuales nadie nos preguntó. La lealtad a nuestro país, a nuestra etnia, a nuestra familia. No las elegimos. Nadie ha firmado una solicitud para pertenecer a la familia Gonzalbo ni a tal o cual nacionalidad. Y, sin embargo, la generalidad permanece leal. ¿Por qué mintió Mariana, fue desleal, infiel o ambas? O quizá fue algo distinto de la mentira.

70

El funeral fue sobrio. La mañana estaba húmeda. Acudieron muchas más personas de las que Mariana hubiera imaginado. Algunos personajes de "la Institución" se apersonaron. Doña Sofía cumplió con elegancia su función de viuda. Sollozaba tomada del brazo de Mariana. Atrás, en una segunda hilera de las que rodeaban al féretro, una mujer lloraba sin control. Mariana registró su mirada profundamente triste. Seguramente alguna paciente desconocida, como muchos de los presentes. Del otro lado estaban los nietos, Juan María y Bibiana, los dos bañados en lágrimas. La arquitecta Gonzalbo lucía demacrada y sus colegas lo comentaron. Los meses de tormenta se plasmaron en su rostro. Era casi el mismo tiempo objetivo de la mujer sobre la cual cayeron las miradas cuando entró a la sala de juntas y se topó por primera vez con Javier Betanzos. Pero en lo subjetivo el envejecimiento surgía.

La muerte de don Benigno trajo una tregua familiar. Julián y Mariana coordinados apoyaron en todo a doña Sofía. Juan María contuvo por un rato sus arranques de rebeldía. Bibiana ofreció su ayuda en todo. Vaciar la recámara fue terrible. Qué hacer con la ropa útil, que era poca por cierto. A quién regalar los zapatos. Cómo arreglar el sitio para que el espacio no le recordara a doña Sofía su soledad. La viuda nunca se había ocupado de las finanzas y ahora comprendía que la sola pensión no bastaba. Los ahorros no solucionaban nada. Julián le dijo con toda frialdad a Mariana: tendrá que dejar la casa y reducirse. Para Sofía Valdivieso ese era un trago muy amargo. Los pocos amigos que todavía sobrevivían desfilaron por la casa.

Doña Sofía comenzó a hablar de las bondades infinitas de su esposo. Lloraba con frecuencia. Cuando Mariana le escuchó la nueva versión de su vida, sin quejas y sin amargura, en la cual todo era ideal y armonioso, el asombro le fue inevitable. Durante décadas se había quejado amargamente de ese médico aburrido al que ahora canonizaba. Parecía que toda su vida se había preparado para ese papel, el de viuda. Los reproches cesaron y la amargura se convirtió en una resignación casi mística. Sobre Mariana pesaba la idea de que su padre hubiera muerto estando ella separada. Eso había dañado seriamente la relación entre ambos. Cruzaron pocas palabras al respecto, pero Mariana sabía de un dolor real en él, profundo y contenido. El tiempo lineal sonaba sus campanas. La muerte también puede ser útil.

71

Los vacíos en el departamento se hacían cada vez más agudos. Julián iba al laboratorio en el sótano del edificio sólo cuando estaba seguro de que Mariana no estaba allí. Juan María se ausentaba todo el día y la tristeza de Bibiana se expresaba en su silencio. La muerte del doctor Gonzalbo había traído nuevas rutinas. Todos los domingos Mariana iba a casa de su madre. Bibiana la acompañaba sin poner resistencia pero harta, sin atreverse a decir que los encuentros la aburrían. Temía ser impropia con la nueva condición de su abuela, la viudez. Juan María no aceptó la nueva imposición. Incluso en eso la rebeldía se apoderó de él. Mariana estaba destrozada. Caminaba por el mundo con naturalidad, pero la tristeza brotaba en sus ojos. En pocos meses había perdido a su pareja, el respeto de sus padres, la relación con sus hijos, la confianza en sí misma. Algo ya no tenía remedio; su padre había muerto llevándose la impresión de que su hija había quebrado lo más valioso de la vida, su matrimonio. Las noches sin Julián, sin el ruido que él introducía en su vida, se convirtieron en una tortura. Ver la televisión, esperar a que Juan María azotara su puerta, tener la esperanza de que Bibiana no se despertara gritando y una necesidad de carne sin satisfacción, todo junto era demasiado. Mariana empezó a apagarse. Un día, mientras se peinaba, volvió al manchón de canas, lo miró e imaginó su vejez como una mujer amargada. Con un agravante frente a su madre: ella estaría sola. El ciclo se repetía, justo en ella que se había propuesto romperlo a cualquier costo. Un martes llegó a la oficina y, como si nada, le anunciaron que el proyecto de las villas lo terminaría Óscar. No hubo explicación de por medio. Mariana confirmó su sospecha: Betanzos se vengaba de ella. Por la noche se soltó llorando frente al televisor. No pudo más, los sollozos fueron muy sonoros. Se enjugaba las lágrimas cuando de pronto sintió un abrazo tierno, era Bibiana, que no sabía cómo calmarla, no le decía nada, simplemente la miraba desde su pijama viejo y luído. Juan María se percató del hecho pero fingió demencia encerrado en su habitación. La dulzura de Bibiana le quebró el corazón; trató de ser fuerte y en lugar de abrazarla la llevó a su cuarto a dormir. Bibiana sintió un nuevo rechazo. En silencio quedó herida por su madre. Mariana fue a la cocina a prepararse un vaso de leche caliente; en ese instante sonó el teléfono.

**

Un hombre mayor con manojos de velas blancas encendidas entre las manos camina de rodillas hacia un templo lejano.

**

72

—¿Bueno?

—¿Mariana? —es Julián.

—¿Sí? —dijo ella tratando de contener los sollozos.

—Necesitamos hablar, es urgente.

—Cuando quieras.

—Voy para allá.

Ella trató de posponerlo pero el tono no le dio margen. Julián llegó poco después, alrededor de las 10:30, y le dio un beso en la mejilla como si nada. Sus olores le trajeron muchos recuerdos. Bibiana aún estaba despierta pero fingió estar dormida. Juan María saludó a su padre desde lejos. Julián miró los ojos rojos de Mariana y le preguntó por la causa. Un nada muy seco fue la respuesta, Julián imaginó algo. Se sentaron en la sala con cierta formalidad. Sin más, Julián le dijo en voz baja: Juan María está usando droga. Mariana sintió que el mundo se le venía encima. No pudo pronunciar palabra y el llanto la envolvió de nuevo. Julián le platicó sin acercarse a tocarla. Esa tarde, un hombre robusto se le había aproximado en la refaccionaria de la motocicleta. Soy el maestro de deportes de Juan María, me apellido Schuster, le dijo. Julián lo reconoció en ese momento. Sin más le soltó: Señor Esteve, trate a su hijo, todavía están a tiempo. Julián lo miró con desconcierto. Tratarlo de qué; allí comenzó la historia que Julián mismo no podía digerir, ¿por qué a él de nuevo?

Aquella noche se despidieron con cariño. Hubo sólo un momento en que Julián levantó la voz y culpó a Mariana del problema. Ella guardó un silencio cargado de prudencia. Julián se contuvo. Cuando caminó hacia la puerta de la que seguía siendo su casa, por lo menos en sus recuerdos, a Julián se le cerró la garganta. Eran más de las 12:30. Al despedirse, Mariana, llorosa y con un pañuelo pequeño mojado e insuficiente, colgó los brazos del cuello de Julián. Él se quedó parado y estuvo a punto de llorar, pero el orgullo pudo más. La olió, todo se volvió confusión en su mente. Por lo pronto había que enfrentar el hecho, una nueva tragedia los rodeaba.

73

¿Qué hicimos mal?, se preguntaban Mariana y Julián. Juan María había tenido una infancia normal y feliz, si es que el término tiene sentido. Cómo no nos dimos cuenta, se recriminaban. El asunto de Betanzos gravitaba en el alma de Mariana. Ambos decidieron enfrentar al muchacho. La cita sería en el departamento de Julián. Francisca cuidaría de Bibiana. Juan María guardó silencio del otro lado de la línea: te espero en mi casa el jueves por la noche, a las ocho y media, dijo Julián con autoridad. Mariana llegó antes. Iba peinada de chongo. Se veía mayor. Nunca había entrado al departamento, tenía curiosidad: vivir tantos años con una persona y de pronto no saber nada de ella, ni siquiera cómo se ve el lugar que habita. Le resultó extraño. El departamento era muy pequeño. Julián debía añorar su anterior espacio, pensó. Nada en la decoración mostraba cariño. Los muebles, algunos nuevos, se veían viejos, o sería acaso el edificio oscuro y avejentado el que le molestaba. Sintió pena por Julián. Él hablaría primero, eso acordaron. Su estrategia no serviría de nada. Juan María llegó tarde. Al ver a Mariana allí soltó un "uyuyuy" con sorna. Se puso a la defensiva. Cuando Julián le soltó el asunto de que consumía droga, Juan María guardó un silencio sepulcral. Qué dices, preguntó Julián. A ustedes qué les importa lo que me meto. Es mi vida, fue la respuesta. Julián trató de recuperar el rumbo. Fue imposible. ¿Y ustedes qué?, les espetó, ¿muy ejemplares, no?, pero mi mamá metiéndose con otro. Julián y Mariana se quedaron estupefactos. Así no le hablas a tu madre, fue lo que salió de la boca de Julián. Mariana se quedó muda de la sorpresa. El coraje y el nerviosismo la tenían paralizada. No dijo palabra. Julián pensó que su reacción había sido como pareja de Mariana. Juan María tomó su morral y se salió riendo. Mariana miró a Julián con enojo, quién se lo dijo, le preguntaba en silencio, después miró al techo con los ojos llorosos. No comprendo, dijo Julián abriendo los brazos en señal de desconcierto. Yo nunca he dicho nada. Decía la verdad. Juan María había escuchado una conversación nocturna: Julián preguntaba insistente a Mariana, entre sollozos y jadeos, ¿gozaste estar con otro? En unos meses habían perdido a Juan María.

74

Estaba en el consultorio del doctor San Martín para su mamografía de rutina. Tendría que esperar. Tomó una revista y se encontró la nota. Locura: no hay reglas, era la cabeza. Johann W. von Goethe fue un hombre normal, pero la locura lo rodeaba. El gran poeta, novelista y científico alemán, autor de *Fausto*, era hijo de un hombre que sufrió esquizofrenia al final de su vida. De sus cinco hermanos ninguno estuvo bien conformado, ni física ni mentalmente. Cuatro de ellos murieron en edad temprana y uno era psíquicamente degenerado. Cornelia, su única hermana que alcanzó a ser adulta, cayó en una melancolía profunda después de su primer parto. Murió atormentada de ansiedad y alucinaciones. Mariana sintió cierto alivio. Cada caso era un caso. Nada estaba totalmente predeterminado. Repetir no era una condena insalvable, ni en la amargura, ni en el cáncer. Pasó a que le hicieran el estudio.

75

Se miente cuando se es consciente de la mentira. Todos, a diario, lanzamos afirmaciones que no son verdaderas. Pero al no saber de su falsedad, en verdad no mentimos. Muy distintos son esos políticos que, con la mayor desfachatez, lanzan falsedades envueltas en sonrisas. El que miente lleva una intención en sus palabras. Julián vive atormentado por saber si Mariana hizo el amor con el ingeniero Betanzos, y de ser así, por qué no lo admite, por qué le miente. No puede creer que Mariana le diga la verdad. Lo lógico es que haya hecho el amor. Julián piensa que en una situación similar lo hubiera hecho y lo admitiría. Conclusión, Mariana miente. Pero la doctora Mirelles le ha hecho ver su mentira. Todo, le dijo aquella noche de San Silvestre y muchas más. Se lo dijo acaso para engañarla, se lo dijo aunque él, en el fondo, no lo aprobaba, le mintió, o se lo dijo sin saber lo que todo tenía atrás.

Ya hablamos de las mentiras y sus causas. Hay causas malas y buenas. Un general que miente para lograr una victoria, no tiene culpa. De hecho lo admiramos, deseamos que sea un mentiroso eficiente. Julián dijo todo en repetidas ocasiones. Lo hizo porque darle esa licencia verbal a la sexualidad de Mariana derramaba un ánimo de libertad total, rompía con las ataduras moralistas del matrimonio que lo castraban. Así lo sentía él. Esa libertad comenzaba por las palabras: todo, haz lo que sea necesario para mantenerte viva y erótica, le dijo. Me quedo con los resultados, todo. No me importa si has de amar a uno o a mil hombres yo te quiero gozosa para gozarte. La simple expresión "todo" hizo que durante años la mente de Mariana viajara a otros cuerpos, entraban por sus axilas, entre sus piernas, a su boca, eran hombres altos y blancos, lejanos del físico de Julián, ricos y bondadosos, mayores y más jóvenes. No era muy exigente en sus fantasías. Verdad o mentira, todo la disparaba al cielo. Ella contaba una parte a Julián, que también volaba hacia imágenes que le inyectaban energía y furia erótica. El poder de las palabras alimentó su vida. ¿Pensó Mariana que realmente todo, estar con otro varón, se convertiría en realidad? ¿O simplemente le seguía el juego? Recordemos aquella noche trágica: por teléfono entra el impertinente de Julián; escucha un ruido: ¿hay alguien allí?, pregunta; sí, responde ella sin dudarlo y agrega: muchas veces lo platicamos. Mariana se refería a todo, y todo es todo, incluso Betanzos. Quizá la primera ocasión que Julián le dijo todo, ella lo tomó como parte de un ritual efímero. Pero la expresión volvió a aparecer mil veces y ella avanzó en su convencimiento. Aquella noche del 31 de diciembre de 1999, Mariana cruzó la frontera. En sus actos siguió a las palabras. Hacía tiempo que su mente las seguía.

**

Un niño sonriente y sucio emerge de una alcantarilla.

**

76

Mariana aprendió a cuidar su cuerpo a través de las palabras inacabables de su padre. Él le enseñó sus complejidades y misterios, también sus debilidades. Cada vez que surgía el tema el doctor Gonzalbo dedicaba el tiempo que fuera necesario a explicar el daño de las grasas excesivas, de la vida sedentaria, le habló del desgaste natural, del riesgo del azúcar, lo que fuese. Quizá muy en el fondo albergaba la esperanza de que Mariana fuese médica. Pero Mariana no aprendió a querer su cuerpo sino hasta que Julián le habló de su belleza. Descubrió una dimensión hasta entonces desconocida, guardada, olvidada. Dejó de encorvarse, se sorprendió de lo que podría ser su porte. Los elogios frescos de Julián la alentaban a seguir con sus disciplinas deportivas y a criticarse con severidad cualquier pequeña panza que le brotara después de unas vacaciones. Fue tan natural el aprendizaje sobre la belleza de su cuerpo que Mariana no ha terminado de hacerlo suyo. Se pensaba en relación a Julián. Dos décadas vivió por y con los estímulos de Julián.

El juego erótico entre los dos ya era parte de su vida. Nada de eso registró en casa de sus padres, nada de eso logró en sus primeras y fugaces relaciones. “No vemos las cosas como son sino como somos”, dijo Anais Nin. Como muchas mujeres, Mariana hace tiempo que vive de esos estímulos que le han permitido mantenerse llena de energía y vital con Julián. Sólo así se explica la envidiable intensidad de su relación. Pero nunca imaginó el peso de la ausencia. Mariana hoy mira todo como una enorme estupidez: una esposa feliz que es sorprendida torpemente en un affaire; una madre que ha entregado todo a sus hijos hiriéndolos por media hora de placer que nunca culminó. Una hija que encaja una daga a sus padres justo en las últimas páginas de su vida. Todo ha cambiado. Mariana dejó de ser la esposa ideal, la amante fogosa, la madre perfecta, la hija ejemplar, la profesionista envidiada. Todo se ha desmoronado. Ha caído en un círculo vicioso. Para qué sirven los estímulos, un vestido coqueto o arreglarse con esmero, si no hay nadie a quien satisfacer, ni nadie que la satisfaga a una. Pero sin esos estímulos, ¿a quién le puede una interesar? Cuando una se da cuenta que no le interesa a nadie deja de creer en los estímulos, lo cual agrava aún más la situación. A la inversa, en el círculo virtuoso, los estímulos provocan reacciones que generan satisfacción. Son las mujeres satisfechas las que más atraen. Por eso Mariana era tan atractiva. Ahora todo es diferente. Además, en cada menstruación se viste triste. Julián se lo reclamó siempre. Vístete alegre, porque estás color ceniza. Mariana se ofendía. Julián tenía razón, esa mujer se eclipsaba sin percatarse.

Una vez más Bibiana pasó mala noche. Es jueves por la mañana. Por recuperar sueño Mariana dejó, como ya es frecuente, sus ejercicios. Llueve un poco y la ciudad queda atrapada en los grises. Mariana, con cierta desesperación por la hora, toma un pantalón café con un saco rojo vino. Los colores la apagan sin consideración. Se ve del color del pantalón y éste parece como el piso de madera. Mariana desaparece en esos colores. Está en el peor momento de su periodo menstrual. La pastilla más potente sólo le da unas horas de alivio. Ese día se pinta de mala gana y sale con rumbo a la oficina. Todo le pesa. Además, un rictus de dolor y tristeza se ha apoderado de su rostro. Mariana entra presurosa al despacho. Habla con rudeza a la secretaria. La lista de llamadas por atender la atormenta. Los colegas se sirven café y la observan mientras cierra la puerta de su despacho con nerviosismo. Los tres sacuden la cabeza. No dicen palabra, no es necesario. La otra Mariana ha desaparecido. Newton y Kant siguen debatiendo, hace muy poco era otra, llena de energía, alegre y muy guapa. La presente se ha incorporado a lo común. Se ve insatisfecha.

77

Mariana llegó a casa por la noche, más tarde que de costumbre. Bibiana miraba el televisor absorta, embobada. Se saludaron sin cruzar la mirada. Un plato con restos de cereales estaba en la mesa junto a los calcetines sucios de Bibiana. Lo primero fue un regaño por el desorden. Bibiana simplemente no lo registró. Fue a la cocina a llevar el plato. Sobre la mesa Francisca había dejado las fatídicas palabras: hablaron del consultorio del doctor San Martín, que se reporte. Mariana sintió cómo un hielo le recorría la sangre. Sus manos comenzaron a temblar. Quería hablar con alguien, quería llorar con alguien. No con su madre, no la comprendería. Sólo Julián sabría la dimensión de esas palabras. Estaba sola.

78

De nuevo, "No vemos las cosas como son, sino como somos", escribió Anais Nin. La conocida escritora erótica estadounidense es famosa por haber transgredido sin congoja ni pena todos los rituales, tradiciones, costumbres y mitos de la sexualidad. Mariana tuvo un flirteo, hoy está en una crisis vital. Visto de lejos, el incidente podría parecer nimio, superficial. Pero ni Julián ni ella lo están viendo así. La dimensión trágica ha corrido por cuenta de Julián. Nuestro notable y reconocido fotógrafo lleva un severo golpe de infancia en el cual un instante cambió su vida. El nuevo instante trágico es cuando él escucha algo en la habitación de Mariana. Ella ratifica el hecho. Es un hombre, ella está cometiendo infidelidad. Es allí que cae en otra encrucijada dolorosa. La vida, de nueva cuenta, en el instante menos imaginado, le hace una mala pasada. Su fiel esposa está con otro y además lo niega, le miente. Ellos lo habían hablado muchas veces, eran una pareja abierta. ¿Por qué mentir? Todo se revuelve.

¿Qué es más grave?, ¿la mentira, la infidelidad o la deslealtad? Con frecuencia vienen unidas. La mentira es un obsequioso instrumento de la infidelidad. La mentira también acompaña al desleal. Judas miente a Cristo, pero ese asunto es menor frente al acto de deslealtad a su causa. La deslealtad en extremo es traición y eso atenta contra códigos básicos de convivencia. Por eso las naciones castigan la traición a la patria como un delito superlativo. Julián vive días de tormenta. Piensa esa mentira como la puerta de entrada a otro mundo de Mariana, oculto, repleto de infidelidades, deslealtades, traiciones que él nunca imaginó. No lo soporta. Por lo pronto todo está alterado en él. Le duele la mentira, pero no está del todo seguro de ella y eso lo atormenta. No lo hice, fue la respuesta sólida como una roca. El resto es cierto, eso no, dice ella. No hice el amor. Todo esto por una mentira, le ha reclamado Juan María; todos sufrimos por una mentira y Julián piensa que además quizá no lo es. Allí se tambalea. Después se enfurece por el acto de deslealtad.

Pero resulta que Mariana fue leal a lo que ellos mismos habían acordado. No se le puede reclamar deslealtad a su familia; siempre ha estado allí para todo. Pensar en una deslealtad al matrimonio como institución es demasiado abstracto y tradicionalista. Julián sabe que la modernidad que tanto proclama lo obliga a una actitud coherente. Mariana y Julián siempre admitieron que la atracción y el erotismo habían sido el viento inicial que había hecho navegar su amor. Alimentar ese erotismo, mantenerlo vivo, lo justificaba todo. Todo es todo. Por eso aquella noche de San Silvestre, allá en la habitación, cuando se escaparon de la fiesta, Julián le había repetido con insistencia que por mantenerla viva y erótica él estaba dispuesto a todo. ¿A todo?, preguntó ella; a todo, todo es todo; ¿a que yo esté con otro?, por supuesto, respondió él en plan de animarla y animarse. Y en esa palabra, animarse, está parte del nudo. Para que la llama siguiera encendida Julián necesitaba ver a Mariana como una mujer apetecible para él y para otros. Una mujer que cancela a los otros se cancela a sí misma, pensaba. Por eso la mente de Julián vuela cuando ella le cuenta de algún coqueteo de un extraño. Por eso él gozaba cuando las miradas furtivas de sus amigos caían en Mariana. Por eso su insistencia de retratarla desnuda regularmente. Porque siempre habría la posibilidad de compartir a Mariana a través de una imagen.

Mariana había sido leal a eso, a la necesidad de mantenerse viva como mujer para poder seguir viva con Julián. Aquella noche en que hicieron el amor frente a la televisión, Mariana llevaba una muestra de la energía que unas miradas le habían inyectado. Julián nunca lo supo, pero gozó las consecuencias. También él salió beneficiado de las miradas que cayeron sobre Mariana y la energía vital que de allí nació. ¿Y si Mariana se lo hubiese contado? Quizá su furia por estar con esa hembra codiciada se hubiera incrementado. ¿Qué va primero?, ¿la lealtad a la institución o el instinto?

**

Una prostituta reclama con una pancarta frente a la Cámara de Diputados.

**

79

En pocos meses la vida de Mariana se ha sacudido. Comenzó el año brindando y haciendo el amor; todo mundo veía en ella a la esposa feliz, a la buena madre, a la profesionista exitosa y a la mujer en plenitud física. El agobio por la rutina que venía de muy lejos ya empezaba a salir de control. El 15 de marzo un ocultamiento, una mentira o un malentendido sobre el valor de las palabras torcieron su vida. Para junio estaba separada. En septiembre moriría su padre y se enteraría de que su hijo, a quien ha perdido, consume droga. Por esas mismas fechas Bibiana ha perdido la sonrisa y ya es prisionera del silencio. El primero de octubre se entera de que habrán de extirparle de la mama un posible nódulo y tendrá que someterse a un tratamiento. Por si fuera poco, sus colegas han decidido que atraviesa por un mal periodo y que, por lo tanto, habrán de relevarla de varias responsabilidades. Por ello su ingreso caerá, justo cuando más lo requiere. Sus rutinas amorosas, familiares, laborales se ven alteradas. Todo es distinto. Nada se repite. Bibiana sufre y lo muestra en la cara, no lo puede ocultar. Juan María sufre aunque se disfrace de hombre malo. Julián sufre, nada nuevo en él, salvo que su ansia de vivir se ha transformado en rencor hacia la vida. Bibiana sufre en silencio, el vacío le pesa. Mariana cruza los pantanos del sufrimiento tratando de luchar contra una idea de destino que la amenaza.

Con Juan María todo es a gritos. Una noche Mariana lo encontró en la cocina y trató de explicarle que no había traicionado a su padre, que no lo había engañado. No me mientas, le dijo su hijo con desprecio mientras groseramente se rascaba la nariz, yo los escuché una noche. La dejó con un pero en la boca y se salió murmurando leperadas. Mariana se sintió humillada, pero sin escapatoria. La dulce Bibiana simplemente está apagada, extraña a su padre, extraña los hábitos domingueros, extraña todo. Curiosamente, Mariana repite con su hija la misma dosis de ausencia de amor carnal que su padre le dio a ella. A pesar de ser alta y de ya tener su busto formado y verse como una mujercita, Bibiana lleva adentro una gran niña, deseosa de que la tomen de la mano y la abracen, que jueguen con ella. Julián llevó ese contacto carnal tan bien que Mariana no registró su pasividad. Hoy es el gran ausente en el moderno y frío departamento de la arquitecta Gonzalbo.

Por su lado, Julián Esteve naufraga en la vida. Una noche la doctora Mirelles le empezó a acariciar la pierna con sus pies descalzos. Después interrumpió la conversación sobre los traumas de su ex paciente, se aproximó sin consideraciones y lo empezó a besar. Julián no opuso resistencia. Imaginó a Mariana en aquel hotel y el ánimo de venganza lo visitó. De pronto sintió la mano de su ex doctora justo sobre su sexo. Sus caricias eran un poco agresivas, pero lo provocaron. La doctora se sentó sobre sus piernas, desabotonó su blusa y apareció un brasier negro. Mariana rara vez usa una prenda así. Él estaba, más que sorprendido, un poco asustado. La mujer de rasgos finos y modales suaves se transformó en un animal impetuoso y un poco brusco. Hacía años que Julián no estaba con una mujer que no fuera Mariana y que además usara brasier negro. A pesar de todo mantuvo la gallardía. Sin más, ella se deshizo de la prenda negra y le aproximó dos pechos bien formados, pequeños, pero sobre todo a Julián le parecieron muy blancos. Mariana se asoleaba desnuda cada vez que podía. Cuando menos lo pensó ya estaba besando esos pechos extraños. La doctora se montó sobre él allí en el sillón, lo desvistió sin tregua y lo introdujo en su cuerpo. Fue una escena de pasión que a Julián le resultaba abrupta y ruda. No se quedó la noche allí.

Las visitas se sucedieron. De cada encuentro con la furia amorosa de la doctora Elena Mirelles, Julián salía exhausto pero inconforme. Cada vez que se encajaba en ella pensaba en infligirle dolor a Mariana. Pero ese gozo no duró. Un día, tomando vodka en un restaurante polaco, lo platicó con un viejo amigo solterón al que ahora frecuentaba, filósofo que sobrevivía dando clases. Julián le describió los actos amorosos y Manuel simplemente sonrió y le dijo: No es lo mismo abrazar a un cuerpo que a un alma. La próxima ocasión en que visitó a la doctora, en cada beso, en cada caricia, en cada contacto sólo sintió vacío. Salió sin dar explicación y nunca más volvió. Julián quería abrazar de nuevo a un alma, hacerle el amor a un alma, y sólo se le ocurría una. Las vidas de Julián y Mariana habían sido expuestas a todo tipo de variaciones. Eran los mismos y ya eran otros.

IV. Canon

"El sufrimiento es el medio por el cual existimos, porque es el único gracias al cual tenemos conciencia de existir." La expresión es de Oscar Wilde, el brillante y controvertido dramaturgo y escritor irlandés que mucho supo del gozo, del desenfreno, pero también del sufrimiento. Su argumento no deja escapatoria. Si queremos existir tendremos que sufrir. Dicha así, la propuesta suena casi a condena. Pero antes de llegar a esa propuesta tenemos que detenernos en otra que se esconde en la sentencia de Wilde: quien vive sin sufrir no existe. Sólo sufriendo se existe de verdad. Luego, se puede vivir sin existir. El sufrimiento genera conciencia y ella conduce a la existencia. No hay escapatoria, irremediablemente se regresa a una discusión capital de la filosofía: ¿cómo interpretar la existencia?, ¿qué es existir?

Uno de los filósofos más brillantes y complejos del siglo XIX, tan complejo como su propio nombre, fue Jorge Guillermo Federico Hegel. Quizá precisamente por ese nombre abigarrado todo mundo se refiere a él simplemente como Hegel. Él abordó el tema de la existencia de manera muy elaborada: la verdadera vida o la vida verdadera comenzaba a partir de una toma de conciencia retrospectiva. Había que releer la vida y la propia historia universal precisamente como un camino ascendente hacia la conciencia, palabra clave que también usa Wilde. Sólo quien es consciente de los grandes pasos de la conciencia colectiva e individual se instala con los dos pies en el devenir histórico. Antes de que esto ocurra ese ser vivirá a medias.

Conciencia y existencia van de la mano. Cobrar conciencia del tiempo que transcurre en nuestras vidas y de nosotros en el tiempo es para Hegel el primer paso en el camino hacia la existencia. Quien no es capaz de mirarse a sí mismo inserto en el tiempo vive a medias, vive pero no existe. Quien no tiene una idea clara del transcurrir del tiempo no ha accedido a la existencia. La belleza de la infancia en parte radica allí. Para los niños hay momentos en que pareciera que el tiempo no transcurre. Pueden jugar horas infinitas sin percatarse de que están hambrientos o cansados. Ni siquiera son conscientes de sus necesidades más elementales. En algún sentido, viven fuera de sí mismos. En un inicio, el trabajo de los padres consiste en hacer a los niños conscientes del tiempo. Crecer supone adquirir conciencia del tiempo. Quizá debiéramos decir de los tiempos porque la polémica entre Newton y Kant difícilmente encontrará solución.

Por eso el tema del tiempo es tan entrañable: leer la vida es encarar el tiempo. La sabiduría de ciertos viejos brota allí: saben leer los tiempos. Vamos paso a paso, unamos las piezas: sin conciencia del tiempo no se existe a cabalidad. El sufrimiento impone esa conciencia al transformar la vida en dolor. De ahí quizá la expresión de Wilde: "El sufrimiento es el medio por el cual existimos." Mariana y Julián tienen en esto historias muy diferentes.

**

Un anciano disfrazado de mujer espera sonriente su papel en la danza.

**

81

Julián no conoció a un sólo abuelo. Los cuatro murieron en un lapso de dos años después del matrimonio de sus padres. Le dijeron entonces que ya eran viejos. Con el tiempo Julián ha descubierto que ninguno de ellos llegó a los 65 años. Vayamos en orden. La muerte de Miguel Esteve marcó la visión del tiempo en Julián. Eso no debió de haber ocurrido, era demasiado joven para morir. El sufrimiento fue brutal. La conciencia del tiempo llegó por un dolor indescriptible. Su existencia comenzó de manera traumática. Julián debió haber conservado a su padre en por muchos años más. Siguiendo la tesis de nuestro filósofo alemán, Hegel, Julián tuvo conciencia del tiempo muy joven, pero también sufrió, que es la condición impuesta por Wilde. Podríamos decir entonces que Julián ha existido. Pero, ¿y Mariana?

Pareciera que Mariana no ha tenido un sufrimiento mayor. Hay ausencias de cariño carnal, de juego, pero la expresión "sufrimiento" no cabe del todo. Su cuerpo es sano y bello, se enamoró a tiempo, no tuvo problemas para embarazarse, sus partos fueron normales, su esposo es un buen tipo, sus hijos también están sanos, sus padres la acompañaron mucho tiempo e incluso tuvo relación con los abuelos. Si Wilde tiene razón, al no haber sufrido, Mariana no ha existido a cabalidad. Sólo el sufrimiento transformará su vida en existencia. Si Hegel tiene razón, sólo a partir de que Mariana empiece a ser consciente del tiempo iniciará su verdadera existencia. Hegel y Wilde coinciden. En esto la muerte del doctor Gonzalbo y los instantes frente al espejo con el mechón de canas han sido golpes certeros.

Pero ¿podemos condenar a Mariana por haber vivido su vida así? Sería absurdo. El sufrimiento no es algo deseable, a pesar de lo que diga el muy respetado señor Wilde. Los seres humanos, la generalidad, luchan en contra del sufrimiento, luego entonces luchan en contra de la conciencia que provoca y, por tanto, luchan en contra de existir. Para aceptar la propuesta del dramaturgo, el valor de la existencia tendría que ser tal que supere las penas del sufrimiento. No parece muy convincente. Sólo entonces los padres podrían desear a sus hijos que sufran para que existan. Hay quien piensa así, pero son excepciones. Definitivamente, eso de sufrir para existir no suena a un buen negocio.

Pero cómo negar que cuando una persona ha sufrido, hay algo en su interpretación de la vida que cambia. De hecho los momentos de felicidad también cambian cuando se ha sufrido. Increíble, pero doña Sofía Valdivieso que, según parece, tuvo una vida en exceso tranquila, ha empezado a sonreír y a tener momentos de gozo justo a partir de la muerte de don Benigno, del que se quejó por medio siglo. Sufre de soledad real, extraña lo que nunca más volverá a tener y por eso quiere vivir lo mejor posible lo que le resta de vida. Doña Sofía es ahora muy consciente del tiempo. Ha dejado su casa, se ha instalado en un apartamento modesto pero adecuado. Regaló parte de sus muebles e incluso le dio a Bibiana un par de aretes y un collar a Mariana, quien no podía salir de su asombro: ¡su madre desprendiéndose de algo! ¡Increíble!

Julián ha sufrido mucho y ahora sufre de nuevo. Sufre la lejanía de sus hijos, sufre al no tener a su Mariana, sufre la soledad. Julián sabe lo que es el sufrimiento y, sobra decir, no le gusta por más conciencia y existencia que ese sufrimiento le haya traído. Él siente que su dosis de sufrimiento ya fue suficiente. Además, sabe que la vida se puede ir en un instante. Julián reclama su dosis de felicidad presente para vivirla con intensidad. Julián existe, diría Wilde con Hegel observándolo detrás. Por eso Julián se pregunta: ¿cómo me metí en este lío? ¿Qué hice mal? No lo entiende ¿Y qué decir de Mariana? Ella ha empezado a sufrir. Según Wilde, conocer el sufrimiento es el primer paso, saber que se sufre es el segundo. Ser consciente es el objetivo, diría Hegel desde su tumba en Berlín. Por cierto, está enterrado junto a Schopenhauer. ¿Coincidencia o capricho?

82

Doña Sofía no podía contener las lágrimas. Por eso Mariana le pidió que le dejase el trabajo. Era demasiado duro para la viuda. Mariana también llora, un minuto sí y otro también, remueve los calcetines y los pone en una bolsa. Saca la ropa interior y la imagen de su padre enfundada en ella le abre las puertas de la memoria de par en par. El olor de su padre está en todo. Nunca pensó que los olores le provocaran sensaciones tan fuertes. Poca ropa está en buenas condiciones. Formalmente todo irá a un asilo, pero Mariana separa lo que de verdad tendrá ese destino y lo que simplemente irá a la basura. Doña Sofía jamás deberá enterarse. Tres fines de semana seguidos Mariana se dio a la ingrata tarea de remover los rastros de su padre. Mientras tanto, Bibiana entretenía a su abuela. De la recámara pasó al consultorio. Las muestras de medicinas para los colegas. Las batas también al asilo, quizá para los asistentes. El título para su madre. Los instrumentos de curación para la clínica de beneficencia. Abrió el cajón del triste, pequeño y viejo escritorio del doctor Gonzalbo y vio los bloques de recetas con su nombre; pensó guardar un par para sus hijos, como recuerdo. Metió la mano y en la esquina encontró la caja.

83

Simplemente de imaginarlo Mariana se aterra. La asaltan los recuerdos. En el primero ella es una niña que anuncia su adolescencia, como Bibiana quizá. Fue entonces cuando ocurrió. Sofía Valdivieso, su madre, no le dijo nada. Es normal. Buscó, como era lógico, primero a su esposo. Después del examen don Benigno Gonzalbo la remitió con un oncólogo de "la Institución". En esa época no había especialistas. Sofía Valdivieso era una mujer joven, menor de cuarenta años. Sin demasiadas consideraciones, se decidió extirpar. Ella no se opuso. Lloró por el terror que la invadía. Su esposo era el médico. Nada había que alegar. Con los años Sofía Valdivieso entendió que el reflexivo "se decidió" fue un acuerdo del oncólogo y de su propio esposo, que prefirió una medida radical. Del día de la cirugía Mariana no recuerda nada, pues fue enviada a vivir una semana con una amiga. Así se acostumbraba. En la memoria sólo guarda una visita al hospital. En esa ocasión la impactó toda la parafernalia que rodeaba a su madre. La cama enorme y con una mesa, los timbres, los tubos. Todo ese mundo le provocaba miedo. Sin embargo, no conserva una imagen de dolor. Bien maquillada, doña Sofía fingió normalidad. Todo está bien, le dijeron.

Ya en casa llegaron otras escenas: su madre llorando desconsolada a toda hora, en la cocina, por las noches, caminando sola por las aceras, llevando siempre un suéter sobre la espalda, un hombro encogido y los brazos cruzados. Mariana no entendió de lo que se trataba sino hasta el día en que, eufórica por sus buenas calificaciones, entró corriendo al baño de su madre y abrió la puerta sin advertencia. A través del espejo vio la imagen de la enorme cicatriz en el pecho y el vacío indescriptible. Salió de inmediato. Su respiración estaba agitada. Un espanto se apoderó de ella. Además su madre la reprendió. Nunca más volverían a hablar del asunto, como si no existiera. Jamás podría quitarse de encima la idea de mutilación. La vida para una mujer podía dividirse en un antes y un después de ese horror. Ahora ella se encontraba en ese trance y las preguntas la avasallan. Por qué yo, si hice todo lo debido; por qué si tomé todos los antioxidantes y minerales y vitaminas que me aconsejaron; por qué si aumenté mi consumo de soya. La idea de fatalidad la rondaba. Era el principio del declive. Ella era demasiado joven para eso. Por qué, por qué, por qué. Los días buenos estaban atrás. Sólo Bibiana le podría traer nuevos ratos de alegría y justamente a ella la descuidaba. Por las mañanas, al mirarse al espejo, desnuda, Mariana imaginaba la terrible cicatriz de su madre estampada en su propio torso, justo del mismo lado. Cuando la imagen irrumpía en su mente toda concentración naufragaba. Los días nublados parecían no tener fin.

**

La cabeza de un maniquí sobre un lavabo.

**

84

Una sensación de culpa asalta a Mariana. Ella sabe que Julián sufre, no sabe la dimensión del sufrimiento porque el orgullo del amante ha filtrado mucho de lo que ocurre. De la tristeza tierna de Bibiana y del sólido coraje de Juan María no le cabe la menor duda. Pero, ¿qué es la culpa? Las religiones, en particular la católica, han elaborado un largo tratado de las muchas culpabilidades en las que se puede caer. Pero, ¿es caer la palabra adecuada? Culpa, en sus orígenes, es la falta en la que alguien incurre a sabiendas y voluntariamente. Mariana sabía que deseaba hacer el amor con ese hombre, se entregó al juego amoroso después de que la copa de vino le hiciera una buena pasada. Pero Julián mismo le había dicho que eso no sería una falta, no entre ellos, siempre y cuando fuera abierto. Mariana tuvo la oportunidad de que así fuera. Las dudas asaltan. Ella llamó a su casa. De haber contestado Julián, ¿se lo habría dicho? ¿Es de verdad posible ese pacto entre amantes? Ama a otro u otra, pero dímelo. Mariana también lo pudo haber ocultado, ¿para qué contestar el teléfono si estaba con un amante?

Mariana sabe que Julián es feliz en su casa y con ella. ¿Habrá Julián tenido amoríos? Sí. En sus largas salidas en condiciones de peligro y tensión. Julián cruzó por la necesidad de romper una soledad que duele como una herida. Por eso ha buscado sonrisas y caricias, para atravesar tormentas de soledad y angustia. Desde niño la noche persigue a Julián como amenaza. Cubriendo el plebiscito chileno, desesperado, tenso y muy solo, con mucho vino circulando por su cabeza fue a hacer su noche más ligera con cuatro manos femeninas que incansables lo lanzaron como sputnik para después sumergirlo en un sueño que lo llevó a amanecer más allá de mediodía. ¿Debía contarlo a Mariana? ¿Para qué? En su archivo ese es un expediente olvidado. Mariana se lo ha dicho, no quiere saber y, además, Julián en verdad sólo piensa en Mariana. Mariana debe sacudirse la sensación de culpa. Sólo así podrá volver a la vida plenamente. Pero, ¿cómo hacerlo?

85

Es una tarde lluviosa. Las obras en el sur de la ciudad han desquiciado el tránsito. Mariana viene cansada. En el trabajo la tratan muy amistosamente, pero en los hechos le han quitado proyectos. Han transcurrido cincuenta y cinco minutos en un trayecto a casa que sólo debería tomarle quince o veinte. Va a vuelta de rueda. Justo a la derecha le queda una calle por la cual puede tomar un atajo. Mariana gira el volante y sólo escucha el rechinar de unas llantas, un golpe muy fuerte y una tela blanca que la envuelve y la asfixia. Medio aturdida ve a un hombre fornido y sudoroso que, dominado por la furia, la insulta detrás de su ventana. Mariana tiembla y se suelta a llorar desconsolada. No sabe qué hacer, los cláxones suenan. Toma el celular y llama a Julián.

86

Transcurrieron tres horas entre gritos e insultos, policías que piden documentos, agentes de seguros. Grúas. La parte más grave fue al principio, cuando Mariana tuvo que hacer frente sola a la situación. Se sentía el ser más desdichado, acosada por hienas. Cuando lo vio bajar de la moto no lo reconoció. El casco, la chamarra negra de cuero, nada le era familiar. Pensó que se trataba de otro agente de seguros. Era Julián; sintió un gran descanso. Él se acercó con firmeza, le dio un abrazo y un beso cariñoso y la apretó contra su cuerpo en señal clara de apoyo. Nunca antes Mariana había valorado tanto esa presencia masculina que comenzó a enderezar las cosas. El furioso chofer de la "pesera" bajó su tono, los policías dejaron de reprenderla. Julián leía los papeles, firmaba alguno, en otros le pedía con suavidad que ella firmara. El tiempo transcurría frente a una Mariana absorta, ensimismada, ida. Sin demasiado cuidado guardaron en la cajuela algunos libros, revistas y una maqueta. Mariana arrojó en su bolso llaves, lentes oscuros, su celular. Veía a la grúa llevarse su automóvil cuando Julián, con tono cariñoso, le dijo vámonos. Por fin, pensó, la pesadilla acababa. Al tomarla de la mano Julián se percató de que estaba helada. No fue sino hasta que caminaban hacia la motocicleta que Mariana concibió que habría de treparse en el juvenil vehículo. Por fortuna llevaba pantalones. Julián le pasó el casco y ella se lo puso. El rugido del aparato como anuncio de su fuerza la estremeció. Cuando lo abrazó por la espalda, un profundo alivio la invadió y se soltó a llorar protegida por la cápsula metálica. La vida sólo tenía sentido al lado de ese hombre.

**

Varios jóvenes se trepan a la escultura ecuestre. Un policía los mira en plena pasividad.

**

87

Primero fue desconcierto. Las manos le temblaban. Leyó sólo una de las cartas, la primera. Apretó los dientes con coraje. El mundo se le sacudía. Pensó en quemarlas, en destruirlas, en desaparecerlas; nunca existieron, nunca debieron existir. Pero allí estaban. Fue a cerrar la puerta del consultorio. Después de unos minutos de pasmo guardó la caja en su gran bolso y se las llevó tal y como las encontró, atadas con un viejo cordel. El bulto pesaba. Por él su vida sería otra.

88

Aquella noche del choque Julián se detuvo en El Bodegón, un restaurante español que frecuentaban después de los conciertos. De maderas oscuras, arcos estilo Mediterráneo y una fuente central con frecuencia impertinente, era sin embargo un buen sitio cuando quiere uno que las cosas simplemente salgan bien. Dejaron la motocicleta en el estacionamiento. Mariana tuvo que pedirle a Julián su pañuelo para secar el interior del casco. Ni Mariana ni él habían regresado allí después de la separación. Los recibió como siempre el capitán Castro, un hombre bajo, de mirada suave y amabilidad a toda prueba, que no pudo evitar lanzar una mirada al cuero que envolvía a Julián. Señor, señora Esteve, qué gusto verlos, dijo, y los condujo de inmediato a la mesa esquinada que acostumbraban. Julián y Mariana actuaron como si nada. Sin preguntarle a Mariana, como si fuera una receta prescrita, Julián pidió dos tequilas. De inmediato, dijo el capitán y se dio la vuelta. Julián le tomó el brazo y le dijo ya, tranquila. Mariana lo miró a los ojos y se soltó llorando. Julián tomó el celular y le marcó a Bibiana, todo estaba bien, debía dormirse, cenarían y él llevaría a mamá a casa. Juan María, como siempre, no había llegado. Mariana se levantó de la mesa impulsada por la vanidad. Ahora vengo. Tomó su bolso, donde siempre lleva cosméticos. Julián quedó en silencio. Si por él fuera, esa misma noche regresaría con Mariana. Pero el orgullo le tendía una trampa. Él era el ofendido. Estaba la mentira y todo ese asunto. Por su lado Mariana, parada frente al espejo, después de lavarse la cara, trataba nerviosa de componer su aspecto. Las manos le seguían temblando y estaba húmeda de los hombros. Se miró a los ojos y supo lo que quería. Pensó en Dios. En fracciones de segundo, en un instante, la idea de culpa cruzó su mente. La rechazó por convicción, pero Dios siguió presente. Cerró los ojos y le pidió. Era la primera ocasión.

89

Esa noche en El Bodegón platicaron en apariencia como los viejos amigos que eran. Sin embargo, abrieron su corazón sólo a medias. Julián habló de sus noches de tormenta, de sus naufragios nocturnos, pero lo hizo en un tono de guasa, como si su depresión, diagnosticada por la doctora Mirelles y ratificada en varias lecturas propias, fuese un asunto menor, bajo control, casi anecdótico. ¿Por qué lo hizo así? En parte porque la vanidad de los amantes siempre está antes que la amistad. Cómo admitir frente a Mariana que su vida giraba alrededor de ella, que la separación lo había destruido; cómo decírselo, justamente esa noche en que él quedaba como héroe salvador montado en su poderosa máquina y con un novedoso aspecto de provocateur. Nada mencionó de su affaire con la doctora Miralles, simplemente dijo que ya no la estaba viendo y se evadió con una expresión curiosa, era buena, pero en el fondo no me funcionaba. Mariana ni remotamente se imaginó que una furia amorosa y sin fin había llevado a Julián a descubrir que también al alma se le abraza.

Mariana rompió su estricta dieta y pidió una pasta que por supuesto Julián hizo acompañar con un vino rojo nacional. En su turno, ella también ocultó las profundidades a las que había llegado; habló, eso sí, de que doña Sofía retoñaba. No mencionó nada del trabajo, pues quería que Julián mantuviera en mente a la profesionista exitosa. Sin embargo, esa mentira traía una consecuencia: no podría decirle que el dinero no le alcanzaba porque tenía menos ingresos. Tendría que ser en otra ocasión. Mariana fingió fortaleza. Los verdaderos amantes nunca invocan la debilidad.

El asunto del choque recibió un tratamiento meramente incidental. A todos nos puede ocurrir, dijo Julián en plan de disculpa: la noche era lluviosa, el tránsito atroz y aquel individuo seguramente venía distraído, bebido o drogado, todo es posible. El seguro pagaría, como siempre sólo una parte; pero en fin, ya hablarían después de dinero. Por lo pronto, durante la reparación, Julián le podría prestar su auto y él andaría en la moto. La propuesta hizo a Julián sentirse joven y fuerte, lo cual no le sentaba nada mal a la imagen justificada de debilidad que tenía de sí mismo. Julián no mencionó que su espalda sólo le daba para un rato en la moto, pero no para trayectos largos y menos en temporada de lluvias. Mariana le ofreció pedirle a su madre su auto, un vejestorio nada confiable por cierto, para así no incomodarlo. Él insistió en su versión, la moto o simplemente tomaría un taxi. Los dos fingieron que la cuestión era menor, aunque en el fondo los dos pensaron en los desarreglos de la vida cotidiana que el accidente les había traído. Todo iba viento en popa en una sesión de medias verdades que al final del día, recordemos a Lillian Hellman, son medias mentiras o mentiras completas. Mariana estuvo a punto de mencionar lo del nódulo en su pecho izquierdo, pero la actitud en ocasiones medio triunfalista de Julián la inhibió. Pensó que algo así le restaba coquetería. Si alguien no debía saber de esa maldición potencial era Julián, a quien veía en ese momento como a un amante perdido. Ni la amistad construida durante casi dos décadas, ni la angustia que la visitaba pudieron vencer un sentido de intimidad rasgada de jettatura o fatalidad como amenaza que Julián conocía muy bien. Mariana no le dijo nada de lo que le pesaba más en ese momento.

La conversación se descompuso cuando Julián preguntó por Juan María. Mariana reaccionó con enojo hacia su hijo: era un grosero, no le dirigía la palabra, todas las noches se desaparecía y llegaba a encerrarse en su cuarto a fumar. Rara vez traía a un amigo a casa y cuando eso ocurría era simplemente para llenar sus estómagos como bestias y volver a salir. Del consumo de mariguana, tendría que ser en sus ausencias. Julián la interrumpió; le dijo que Manuel, su amigo consumidor de mariguana desde hace años y que estaba atrapado por el aletargamiento típico del hábito, como si la vida ocurriese más despacio, le había dado una pista: ¡el dinero! La mesada de Juan María simplemente no alcanzaba para cines, la gasolina de su auto y comidas baratas fuera de casa. ¿De dónde sacaba para lo otro? Mariana quedó en silencio, pasmada. Hacía tiempo que el efectivo de la cajonera de su habitación se acababa demasiado rápido. De la honestidad de Francisca no tenía la menor duda, pensó simplemente que los precios habían subido. El silencio la delató y tuvo que explicar a Julián lo que pensaba. Una excesiva molestia de Julián por el descuido terminó de arruinar las cosas. Él le reclamó que las notas en la escuela caían en picada y Mariana se defendió diciendo que no era responsabilidad suya. Tú eres el padre, habla con él. El capitán Castro, que rondaba la mesa, prefirió alejarse para no ser testigo. Julián pidió la cuenta. Mariana dio la estocada final; ¿me podría conseguir un taxi?, le dijo al capitán Castro, quien ocultó su asombro. Se despidieron con frialdad. El orgullo, la vanidad y en ambos un enojo en contra de la vida hicieron de las suyas esa noche.

**

Frente a una escuela una madre regaña a un adolescente que burlón mira las piernas de una compañera.

**

90

Una noche, después de cerciorarse que Bibiana y sobre todo Juan María dormían, Mariana decidió enfrentar el bulto. Los sobres y el papel eran finos, la letra admirablemente estilizada. Doctor Benigno Gonzalbo y una raya suave para romper el espacio. Las hojas tenían un holograma, una doble A mayúscula. La primera era muy breve y agradecía en tercera persona la eficaz ayuda para salir adelante de una colitis nerviosa. Era una carta bastante fría salvo por el renglón final, donde le pedía volver a verlo para "un problema no exclusivamente médico". Venía el teléfono y una dirección, firmaba Adriana Alcántara. Pero para qué guardar ese documento de trámite. O quizá no era de trámite. Allí estaban, en perfecto orden cronológico. Se volvían cada vez más extensas. En las primeras le agradecía la calidez del trato, la suavidad de las manos, el tiempo dedicado a la paciente. En una de ellas Adriana Alcántara esperaba que el búho de madera le hubiera gustado; en ese momento la imagen de la figura se le vino Mariana a la mente: ahí estaba en el consultorio, dentro de un estante. Se hacía referencia a la sabiduría representada por la figura del ave, sabio como usted, le decía en un tono respetuoso, de admiración, pero también de confianza. Hasta allí Mariana podía digerirlo: una paciente agradecida y con una evidente debilidad epistolar. Pero esas primeras cartas en tercera persona, espaciadas y muy breves, nada tenían que ver con las decenas de larguísimas comunicaciones en segunda persona con una intimidad que delataba una prolongada e intensa relación de cariño y amor. ¿Quién era Benigno Gonzalbo? ¿Qué se ocultaba detrás de ese aspecto plácido y bonachón? ¿Un caso de doble vida vestido de médico? No era posible. Antes que juzgar quería entender. Sin duda su madre era parte de la explicación, ¿justificación? Creía poder entender el por qué.

Pero simplemente no podía imaginar a su padre con otra. La vida le daba vueltas en la cabeza.

Aquella noche Mariana durmió un par de horas. Al día siguiente encaminó a Bibiana a la escuela y en lugar de ir a hacer ejercicio en los aparatos, enfundada en sus pants, decidió caminar. Llamó a la oficina y dejó recado de que llegaría tarde, en verdad ese día no llegaría.

91

Mariana guardó bajo llave el efectivo. Le contó a Francisca el problema por el que atravesaban. Francisca, esa mujer siempre reservada y discreta, soltó la lengua. Algo raro estaba ocurriendo con el joven Juan María, ya no se cambiaba de ropa interior, los calzones con olor a orines de varios días eran lo normal. Muchas veces la regadera olía a vómito y con frecuencia la pijama permanecía doblada debajo de la almohada; es decir, que se dormía vestido. Un fin de semana que Mariana y Bibiana atendieron una invitación a salir de la ciudad, Francisca pasó a guardar en el congelador los trozos de pescado para todo el mes que había comprado en la Central y separado para cada semana. Al entrar topó con un olor dulzón que se había apoderado del pasillo. Francisca fue por curiosidad al área de recámaras. La música dentro de la habitación de Juan María estaba a todo volumen. Se oían las voces de él y cuando menos dos personas más, varones los dos. Francisca salió sin interrumpirlos. El lunes siguiente, al asear el desordenado cuarto, descubrió que el techo sobre la cama estaba pintado con figuras de estrellas, allí estaban todavía. Mariana no podía pronunciar palabra. Francisca continuó con un relato de intimidades de su hijo que ella jamás hubiera imaginado. Un silencio total se apoderó de Mariana; fue cayendo en un estupor paralizante. Todo ocurría a unos cuantos metros del sitio donde todas las noches ella veía televisión. Una era la vida que los ojos registraban. Otra la que gobernaban los entuertos del alma.

92

La vida está llena de rarezas, de misterios. La cena en El Bodegón tuvo efectos diversos. Ambos cometieron un error grave: trataron de repetir un encuentro como si nada hubiera ocurrido. Ellos ya eran otros. Pachelbel y Mircea Eliade saben que la repetición absoluta es fantasía, es imposible. El eterno retorno es un mito. Por un lado, Mariana y Julián recordaron un nivel de comunicación incomparable. La acumulación de historias mutuas hacía todo más fluido, más rápido. No hubo necesidad de preámbulos. Julián y Mariana cruzaron un par de miradas y con eso bastó. Pero en las formas, Julián era el ofendido oficial y Mariana se sentía engañada por aquello de todo sin que fuera todo. Cuando empezaron a hablar de Juan María el tono de Julián fue casi grosero. Una Mariana muy sensible se enfureció. El ceño le quedó fruncido y los ojos cansados la mostraron distinta. Unas ojeras enormes y ciertas arrugas mal disimuladas hicieron que, por primera ocasión, Julián la mirara vieja. Los dos salieron molestos; cada quien ratificando su historia.

Tres días después, un viernes por la noche, Mariana regresaba a casa atrapada de nuevo un tránsito infernal que paralizaba a la ciudad. Había cometido lo que puede ser considerado una gran tontería en la vida de un capitalino: tomar agua antes de un trayecto siempre imprevisible. Mariana tuvo que detenerse en uno de esos establecimientos que son restaurante, librería, farmacia y que tienen, además, un extenso aparador muy surtido de revistas de todo tipo. Son un refugio para sobrevivir a los embates de un monstruo que igual lanza sonrisas que tarascadas. Al salir Mariana decidió buscar una revista especializada en arquitectura. La encontró y se puso a hojearla esperando que pasara la terrible hora pico. Además no tenía prisa, en casa nadie la esperaba. De pronto sintió una mano sobre el hombro. Volvió el rostro y encontró el de Javier Betanzos. Se estremeció. Sin decir más, aquel hombre le dio un beso en la mejilla. Mariana sintió su barba un poco rasposa y miró su rostro afable. Sus aromas llegaron después.

—¿Por qué no me tomas las llamadas?

—Perdón, yo siempre las he atendido.

—Me pasan con tus colegas.

Se hizo un silencio.

—No es por mi decisión.

Mariana imaginó la orden a la secretaria, las del ingeniero Betanzos transmítalas a... Hasta ese momento Mariana estaba segura de que él había solicitado que la hicieran a un lado del proyecto.

—Mariana —le dijo Betanzos con la mirada fija en sus ojos—, yo no hice nada sino desearte.

Mariana sacudió la cabeza como buscando apartarse del asunto. Él le sostuvo la mano en el hombro.

—Tú pediste que me quitaran de las villas.

Betanzos la miró con asombro.

—¿Cómo me crees capaz de algo así?

—Querías vengarte.

—¿Vengarme, vengarme de qué?, si el mejor rato que he tenido en mucho tiempo fueron esos instantes maravillosos contigo —Mariana lo miró, incrédula. Pero en verdad, qué motivo tendría para odiarla—. Lo único que lamenté fue ese final. Nada más alejado a mis intenciones que causarte un problema. Yo pensé que tú eras la que no quería tratar conmigo —Mariana miraba al piso. Él le tomó la barbilla y le levantó la mirada—. Para ti sólo tengo agradecimiento. Gracias por recordarme que estoy vivo; una ráfaga de aire y una copa de vino me hicieron el hombre más feliz de la tierra. Eres hermosísima y eso ni tú ni yo podemos remediarlo.

Kant y su tiempo subjetivo se echaron encima de Newton. Mariana entró en conflicto. Ese halago había caído en un momento particularmente delicado. Él besó su mano con ánimo caballeroso.

—Lo que haya sido entre tú y yo, para mí fue grandioso —la miró con una sonrisa generosa y dio media vuelta. A pocos pasos se volvió y habló con la voz un poco alta para el gusto de Mariana—. Arquitecta Gonzalbo, estamos en interiores y su opinión me resulta im-pres-cin-di-ble —ella lo miró fijamente. La garganta se le secó. Odió que eso le ocurriera—. ¿Me permite buscarla para escuchar su opinión?

Mariana sólo podía decir sí. Volvió la mirada a su revista, que no miraba. Se le salió una lágrima. Estaba viva.

**

Las formas sensuales del órgano de una iglesia.

**

93

Caminando aquella mañana lluviosa por el parque del ahorcado, Mariana trató de ordenar sus pensamientos. Lo fácil era odiarlo por mentiroso, por falso, por haber traicionado a doña Sofía. Pero después de cuarenta años de matrimonio, Mariana nunca escuchó una queja de la amarga doña Sofía sobre incumplimiento, infidelidad o coqueteo por parte de su esposo. Por lo visto ese asunto de la lealtad al matrimonio era en verdad bastante complejo. En la interminable lista de quejas de doña Sofía por la forma de vida que llevaban, nunca apareció. ¿Acaso don Benigno mentía? Ocultó, de eso no había duda. En la memoria de Mariana, Benigno Gonzalbo caminaba por el mundo como si cualquier otra relación femenina estuviera cancelada. No lanzaba piropos, cuando más alguna expresión como qué chula estás, y era para ella y sólo para ella. La frase difícilmente podía ser más aséptica. ¿Qué era lo condenable: los magros ingresos de un profesionista honesto, su vocación incontenible por curar al prójimo, su poco interés por la vida social y por el dinero? ¿Puede alguien dudar de la entrega de Benigno Gonzalbo a Sofía Valdivieso? Por favor, pero entonces, por qué esta otra relación secreta, paralela. ¿Sexo? Por más esfuerzos que Mariana hiciera tratando de imaginar a su padre en un trance amoroso simplemente no lo conseguiría. ¿Qué había detrás de la firma de Adriana Alcántara?

94

Al día siguiente por la mañana, Mariana Gonzalbo salió muy temprano al hospital. Sólo Rosa, su gran amiga, sabía de qué se trataba. Los preparativos sin compañía alguna fueron muy desagradables. Todo era frío, los muebles, la ropa, el trato. La intervención duró estrictamente treinta minutos. En recuperación el doctor San Martín entró a verla y le dijo: Creo que puede estar tranquila. No veo nada grave. Pero habrá de confirmarse en el laboratorio. Veinticuatro horas más tarde, la mañana de un domingo de luz plena, Mariana regresaba a su casa sintiendo que la vida había sido muy generosa con ella. Llegó de buenas e invitó a Bibiana a comer y al cine. Había que gozar mientras se pudiera. La fatalidad no existía. En todo caso había cómo retarla.

Por la noche, sola, pescó una vieja película con Fernando Rey. No podía haber sido más pertinente o quizá impertinente. Un hombre mayor invadido de cáncer regresa a San Sebastián a despedirse de sus viejos amigos y de su amante. Mariana lloró sin control. La música de fondo era inconfundible, ocho notas que se repetían incansables, Pachelbel rondaba. Por qué esa película, por qué justo esa noche, por qué Pachelbel de fondo musical. Julián solía poner el *Canon* todos los domingos por la mañana. Era una obsesión. Tenía distintas versiones y las repetía una y otra vez mientras tarareaba y movía los brazos como si dirigiera una orquesta. En un viaje a Chicago compró una auténtica batuta que sacaba en esas ocasiones. Julián les explicaba algo de Pachelbel que nadie, ni ella, ni Bibiana, menos aún Juan María, entendían o trataban de entender. De tanto escuchar el *Canon* y los comentarios eufóricos de Julián todos habían terminado por negar la pieza. Pero esa noche con Fernando Rey en la pantalla, y con todo el asunto del cáncer por allí, Pachelbel la hizo llorar de felicidad. En la vida de Julián todos y cada uno de esos domingos Kant avasallaba a Newton. Él era plenamente feliz aquellos domingos en que Pachelbel entraba sonriente y complacido a cumplir con su función casi religiosa. Ella nunca había comprendido la importancia de esos instantes en la vida de Julián. El repetitivo Pachelbel los domingos por la mañana era un ritual, un homenaje al instante, a la repetición afortunada, deseada, cumplida.

Hacía tiempo que Mariana no visitaba sus profundidades como aquella noche. Por supuesto que sabía de Pachelbel pero por ahora lo único que quería era escucharlo una y otra vez, como aquellos domingos. Algo de paz interna brotaba de esa música. Terminó la película. Mariana lloraba gozosa. Quería más Pachelbel. Los discos de Julián ya no estaban allí. ¿Qué hacer? Recordó algo. Fue a la sala en busca de una de esas colecciones que Julián compraba para los niños. Allí estaba Clasical Music for People who Hate Clasical Music. Por supuesto, el *Canon* estaba incluido con una larga explicación sobre la música coral, las ceremonias religiosas y la repetición. Mariana abrió una botella de vino y se pasmó en la sala después de oprimir repeat en el aparato. Antes que nada, ella debía seguir viva. Ni siquiera Juan María podía enterrarla. Por ahora no tenía cáncer en el pecho y eso había que gozarlo intensamente. Nunca antes había sentido tanta prisa por vivir. En compañía de Pachelbel negó la noche. Por la mañana la música zumbaba en su cabeza. Hizo su rutina de ejercicio con esmero particular y llegó sonriente a la oficina. Había dormido un par de horas. La secretaria la miró asombrada. Se veía mucho mejor. Tomó su lista de llamadas y la leyó caminando. La secretaria se dio la media vuelta y justo antes de marcharse le dijo: Por cierto, el ingeniero Betanzos la llamó hace apenas unos minutos, por eso el recado no está en la lista. El vientre se le encogió.

Tenía que atender el llamado. Lo hizo presa de una extraña emoción.

—Arquitecta —dijo Betanzos con formalidad excesiva.

—Javier, ¿me buscaste?

—A tus colegas les falta ese toque fino, femenino si me permites, sin que sea ofensivo. Han propuesto un material rojo para los baños que brinca a los ojos y de las cocinas sólo recibo quejas. Ya hablé con ellos y les pedí que hicieras otra visita —un silencio breve se interpuso—. Te prometo que no tiraré el vino —otro silencio, ella sonrió; Betanzos dio un paso más—. Pero del viento no puedo hacerme responsable —de nuevo un silencio, seguido de una breve risa de Mariana que el ingeniero registró con emoción. Aquel hombre era tan educado que nada había que temer—. ¿Cómo andas el miércoles? Me urge que vayas.

—Déjame ver mi agenda —Mariana sabía que no tenía nada impostergable, pero se fingió ocupada—. Sí, sí puedo, tengo que mover un par de citas, pero puedo viajar el miércoles.

—Yo salgo mañana. Allá te espero. Mandaré por ti al aeropuerto.

95

Le llevó días tomar la decisión. Lo más probable es que el número fuera otro. Había que probar. Mariana marca los ocho números. Una voz delgada contesta del otro lado. ¿Podría yo hablar con doña Adriana Alcántara? Ella habla.

96

La mañana del miércoles, Mariana se arregló de nuevo con esmero. Repetía. Estaba tranquila, salvo por la ausencia de Juan María, a quien no había visto la noche anterior y no vería en dos días: él llegó demasiado tarde, ella salió demasiado temprano. Francisca dormiría esa noche con Bibiana. Al llegar a las cremas, Mariana pasó las manos por su pecho y un poco de dolor le recordó la pequeñísima incisión que todavía llevaba sin cerrar totalmente. La miró casi con alegría, nada malo había salido de allí. Los dejó caer con suavidad, los miró gozosa y emocionada. Decidió viajar muy ligera, recordó el calor que la esperaba. Se puso una falda corta de mezclilla y un top entallado. Voló pensando en que cierta seguridad la visitaba. No sabía bien a bien cómo explicarla. Pachelbel resonaba por alguna parte. Al llegar a las villas, desde la camioneta vio a lo lejos a Javier Betanzos dando instrucciones. Algo de nerviosismo la tocó. Le vino a la mente la extrañeza de sus colegas cuando escucharon la petición de ese ingeniero que la quería a ella en la obra. Betanzos miró la camioneta y de inmediato se dirigió a ella todavía vociferando a los trabajadores.

Hola, le dijo sin mayor pena y le dio un beso en la mejilla. Deja tu bolso en el coche y caminemos a la villa muestra. Allí estuvieron casi tres horas, Mariana pidió cambiar una loseta de mármol por otra más rústica, modificó la colocación del WC, sugirió vidrio en las puertas, ampliar la ventana de la cocina, que era oscura, y un tragaluz en un pasillo. Los operarios iban y venían y, por supuesto, algunas miradas cayeron en sus piernas. Ella las sintió y sin más continuó adelante. Así era ella. No soportaría unos pantalones, de eso estaba segura. Además estaba sana. Eran casi las cuatro de la tarde cuando Betanzos se acercó y le dijo con toda franqueza: Vamos a comer, no tengo otro sitio que ofrecerte. Ella accedió sonriendo y preguntó qué tenía de malo. Él levantó los ojos y dijo tienes razón, nada.

97

Al principio la conversación no fue fácil. Al escuchar el apellido Gonzalbo algo de protección gobernó sus palabras. Hubo silencios prolongados. Quería conocerla, era la hija del doctor. ¿Para qué?, fue la negativa inicial en forma de pregunta que lanzó la mujer en tono frío pero amable. Mariana pensó sus palabras, quería saber qué había en ella. Era parte de la vida de su padre, si para él era importante, también lo sería para Mariana. Nadie más se enteraría. Le pidió de favor una sola visita. La mujer accedió. Un café el martes por la tarde. Mariana toca el timbre. Es una casa pequeña y afrancesada. La puerta está deteriorada pero conserva elegancia. De pronto aparece el mismo rostro que sollozaba incontenible en el funeral.

**

Unos niños asomándose a la vitrina de una momia.

**

98

Llegaron al sitio y Betanzos se encaminó a la misma mesa. Se sentaron en las mismas posiciones. Él pidió un ron oscuro, ella lo acompañó. Mismo sitio, misma luz, incluso los mismos platillos y, sin embargo, nada era igual. Mariana vio las gotas de sudor caer por la frente de aquel hombre que sin duda le resultaba atractivo. Betanzos no pudo evitar que su mirada cayera en la prenda ajustada que marcaba los pechos de Mariana. En algún momento Betanzos trató de disculparse por lo ocurrido allí mismo siete meses antes. Ella reaccionó con firmeza: nada hay que lamentar, así son las cosas. Los dos sintieron que un enorme peso caía. Rieron de tonterías y se gozaron sabiéndolo.

Llegaron al hotel y les asignaron las mismas habitaciones, la 111 para ella. A Mariana la saludaron con familiaridad. Sólo el hombre de la administración recordó las múltiples llamadas de aquella noche. La tarde era espléndida pero calurosa. Ella dijo: Te espero en la playa. Se puso muy orgullosa su bikini de rayas negras y blancas. Repitió sus tenis y la pequeña toalla del hotel. Llegó a la orilla del mar pero sintió miedo de nadar sola. Pasaban los minutos y Betanzos no aparecía; era lógico, pensó, no quería repetir la escena. Mariana decidió caminar descalza por la playa, se alejó del hotel. La noche se anunciaba. Dio media vuelta, convencida de que aquello no se repetiría. De pronto, a lo lejos, alcanzó a ver la silueta alta y fornida de su acompañante. Caminaron hasta encontrarse. Perdón, dijo él, pero entraron varias llamadas. Betanzos no pudo evitar mirar su cuerpo. Ella se sintió muy halagada. Caminaron juntos. El agua estaba fresca. Mariana comprendió que sobre aquel hombre pesaba primero la educación, nada haría que pudiera ofenderla, se sintió muy protegida. Sólo entonces recordó la gran actuación del viento y de la copa de vino. El sol había dejado atrás el horizonte. Mariana pensó en el tiempo, un día más, una semana más, un mes más, un día menos, una semana menos, un mes menos. Recordó a su padre, a Juan María y su agresividad, la ausencia de Bibiana. En silencio se miró a sí misma hundida en la tormenta suscitada por algo que no ocurrió, atrapada por la mentira que no lo era, vacía de amor y carne. Pensó en el nódulo como un aviso de la autodestrucción y eso le dio pavor. Toda su biografía estaba rota, pero la vida continuaba con Julián o sin él. Pachelbel con sus ocho notas hizo una visita instantánea. Sin saberlo, Mariana recurrió a una consigna vitalista de un gran misógino, Arthur Schopenhauer: "El más insignificante presente tiene sobre el pasado más significativo la ventaja de ser real." Tomó la decisión.

99

A ella él le supo a sal. Ella a él también. Él navegó por sus formas y por la belleza que le era extraña. Ella por la novedad. Él la trató con gran cuidado. Ella pretendió inútilmente que tenía todo bajo control. Lloró, gritó, rasguñó y fue rasguñada. Ella sudó por un alma agitada, él por la fortuna de vivir algo más. Ninguno sabía qué había después. A ella la invadió la fuerza, a él la alegría de vivir.

100

No quiso lastimar a nadie, siempre fueron muy respetuosos de la familia. Pero, ¿para qué guardó Benigno las cartas?, se pregunta con cierta molestia la dama entrada en años. Es de rasgos finos y lleva vestido oscuro. Yo también tengo las de él, dijo y sonrió, y no tan escondidas. En la sala hay dos floreros viejos repletos de deslumbrantes flores. Doña Adriana ofrece unas ricas galletas hechas en casa con pasas y chocolate. El té es servido con todo el ritual. Doña Adriana comienza el relato, imagínese conocer a alguien por una colitis, como que no es la mejor carta de presentación. Pero su padre fue tan generoso, tenía una parsimonia embrujante, sus manos eran muy suaves; bueno, como médico, su auscultación ya era una cura, lo hacía con gran serenidad y eso me transmitía calma. Yo había enviudado cinco años antes. Un cáncer de páncreas se llevó a Antonio en meses. Desde su muerte me enfermé de varias cosas. Una de ellas la colitis. Su padre me sacó del hoyo. La colitis lo llevó a mi soledad. Me temblaban las manos todo el día. Me lo quitó. Me mandó tranquilizantes porque en las noches no podía dormir, sentía el vacío del otro lado de la cama. Me aconsejó que pusiera unas almohadas en su lugar. Al principio pensé que era una locura, hasta que un día en la madrugada, desesperada y llorando, lo intenté y dormí mejor. De ahí en adelante lo haría todas las noches, era mi ritual nocturno, después de un cuarto de siglo de dormir con alguien, se le crea a una un hábito. Mariana piensa en sí misma, en sus noches vacías mientras observa a aquella mujer que sonríe con los recuerdos de las largas pláticas telefónicas con su doctor. La colitis nerviosa nos llevó a hablar de mi vida. Eso fue lo mejor que me pudo haber ocurrido, por eso hablo de la bendita enfermedad. Porque estaba yo nerviosa y entonces Benigno... Doña Adriana continúa el relato. Al escuchar el nombre de su padre en los labios de esa mujer algo en el interior de Mariana se sacude. Adriana Alcántara sigue vertiendo expresiones repletas de gratitud hacia aquel hombre generoso que Mariana conoció como su padre. Nada se insinúa de romance, ya ambos eran mayores, pero sí de una relación de gran cariño. Adriana Alcántara cuenta anécdotas, se ríe, sirve más té y cuenta cómo don Benigno le hablaba para pedirle, como receta médica, que le contara un chascarrillo, pues él estaba harto de tanto enfermo y además ella necesitaba reírse, lo decía su médico. Y allí me tiene coleccionando chistes, pues no se valía repetir. Ah que Benigno, siempre tan insistente e ingenioso. Mariana se queda pensando que ese calificativo jamás lo hubiera utilizado con su padre: ¿ingenioso?, ¿Benigno Gonzalbo ingenioso? No en su casa, quizá porque Sofía Valdivieso le cercenó el ingenio allí.

Mariana sale, ya es de noche. Adriana Alcántara es una mujer gozosa. Le habla ya en segunda persona, como si fuera su hija. Que tu madre nunca se entere, por favor, te lo pido, Mariana, le dijo y le tomó las manos con cariño. Nada hubiera querido menos tu padre que herirla. Mis dos hijos algo saben, pero es distinto. Qué lo provocó es la pregunta final de Mariana. La respuesta es corta y concreta. Por momentos lo sentía solo y triste y se refugiaba en mis tonterías. Eso fue todo. Te puedo enseñar sus cartas, pero, no sé, no te ofendas, creo que son sólo mías. Mariana quedó en silencio. ¿Hasta dónde tenía derecho a rasgar ese expediente íntimo de su padre, de su muy buen padre? ¿Hasta dónde la poca alegría que llegaba a la casa provenía de Adriana Alcántara? ¿Cuántos de los chascarrillos que ella escuchaba de vez en vez y contados sin gracia no habrían salido de esa fiesta silenciosa que había entre ellos? Sin decir palabra, haciendo una seña de que esperara un momento, para desconcierto de la dama, Mariana fue al auto y sacó de la cajuela una caja de zapatos. Regresó a punto de soltar una lágrima. Éstas también son suyas, le dijo. Los pequeños ojos de Adriana Alcántara se llenaron de lágrimas. El secreto tenía un sentido. Guardarlo era correcto. Se abrazaron y se dieron un beso que pasó por Benigno Gonzalbo y se hizo independiente. Yo la busco, dijo Mariana y recibió un no te pierdas, tu padre siempre me lo dijo, eres una chica lindísima.

Arrancó el auto y comenzó a llorar repleta de felicidad.

**

Una televisión encendida con un monje de barba blanca en la pantalla. Sobre ella una muñeca, una vela y atrás un estandarte, se lee INRI.

**

101

"Lo envidiable de la belleza es que no necesita explicaciones", escribió Fernando Savater. Desnuda y abrazada a Javier Betanzos, Mariana sólo pudo dormitar un par de horas. Estaba invadida de una confusa energía. Con avidez esperó el amanecer. Extrañó sus tapones para dormir y sonrió en silencio por los colosales ronquidos de su acompañante, de su amante. Al sentir los primeros rayos salió cautelosa. Minutos después caminaba por la playa descalza, en bikini y con una playera encima. Había fresco. Se detuvo frente al mar en plena soledad a digerir o a tratar de dirigir, por lo menos, lo que había vivido. Ella tomó la decisión de hacer el amor con aquel hombre. En pleno colapso buscó refugio en el amor. Sólo tuvo que fijar su mirada en los ojos de Javier Betanzos para que éste comenzara un cortejo a base de caricias suaves, de aproximaciones sutiles. Comenzó también una lluvia de halagos que a Mariana le resultaron extraños y cautivadores. Comprendió por sus palabras que Graciela, su esposa, tenía muchas cualidades. La belleza, por lo visto, no era una de ellas. Javier Betanzos de verdad gozaba ese reencuentro con ese cuerpo, con esa edificante mujer. Le habló de sus pies, de sus uñas pulcramente cortadas que él había observado un día en la oficina, durante la primavera. Le habló del tono y la suavidad de su piel. Mariana pensó en las bondades de sus cremas. Después nadaron en un mar que ya había sido tocado por la noche. Allí se besaron largamente. Sin prisa, Mariana tuvo tiempo de descubrir o redescubrir sensaciones que quizá estaban dormidas en ella. Aquel hombre nunca apresuró las cosas, él mismo estaba emocionado y, en algún sentido, perturbado. Te amenazo, le dijo, con un poco de vino, algo de queso y a falta de viento el mejor de mis soplidos. Los dos rieron. Sabían a lo que iban, repitieron. Caminaron rumbo a sus habitaciones. Betanzos colocó su grueso brazo sobre los hombros de Mariana, que sintió cómo el vientre se le encogía de la emoción. Sin ducharse se encontraron en la terraza y brindaron como ya lo habían hecho. ¡Cuánto había cambiado en su vida! Esa noche una ráfaga de responsabilidad maternal cruzó por la mente de Mariana. Bibiana estaba en orden y por Juan María poco podía hacer en ese momento. Esa noche ella, el amor, su vida, eran la única prioridad. Un sano egoísmo se apoderó de ella. Su mente estaría allí sólo para Javier Betanzos. Rieron, flirtearon y terminaron trenzados en un encuentro pleno.

Allí en la playa, al amanecer, Mariana se sentía segura de poder retomar el camino. Si algún recuerdo llevaba de aquella noche además de la furia erótica que los invadió, fue la elegancia de ese empresario para halagarla y hacerla sentirse bella y deseada.

No fueron al aeropuerto el día previsto. Ambos argumentarían motivos de trabajo para permanecer veinticuatro horas más dedicados al amor. Al día siguiente, al despedirse en la ciudad, se fundieron en un abrazo sincero, de cariño. Arquitecta Gonzalbo, le dijo él al oído, me ha hecho recordar que la sangre me circula en el cuerpo y que la vida tiene un sentido. Gracias. A Mariana se le cerró la garganta. Últimamente le ocurría con frecuencia. Sin decir palabra le dio un beso en la mejilla que significaba el regreso a su relación pública. Se miraron fijamente a los ojos antes de que Mariana diera la media vuelta y se lanzara a retomar su vida.

102

Ese martes, después del encuentro con Adriana Alcántara, Mariana necesitaba un respiro, un espacio que no encontraría en su casa. Se detuvo en el bar colonial de la vieja casona que está rumbo al apartamento. Pidió un martini con vodka, no sin antes sentir la mirada de un par de caballeros. Cómo llamarlo: ¿affaire?, ¿aventura? Por favor, lo de menos es que se hubieran acostado. Era más complejo e intrigante que eso. Benigno Gonzalbo adoraba a Sofía Valdivieso, eso está claro, pero parece que para tolerarla necesitaba inyecciones de alegría y vitalidad. Allí apareció Adriana Alcántara, que sólo veía bondades en el noble doctor, las que Sofía Valdivieso nunca le reconoció en vida. ¿Perjudicó esa relación al matrimonio? No necesariamente, más interesante aún: lo hizo más llevadero. Pero entonces Mariana, ¿en qué crees?, ¿cuáles son los límites? Julián y tú pensaron que el sexo no debía ser un impedimento y ve dónde estás. Tu padre no tuvo empacho en establecer una relación amistosa e intensa hasta donde sabes; esa es una traición grave, eso ocurre cuando hay cariño, no en las relaciones puramente carnales. ¿Qué es peor? O quizá es al revés: nada es malo si alimenta la relación. ¿Quieres en verdad romper con Julián o qué necesitas para doblegar el tedio de ser madre?, ¿qué necesitas para volver a vivir? Pidió otro martini y en silencio revisó su vida.

103

Llegó al despacho llena de energía y comentó con sus colegas los cambios. Lo hizo con una seguridad tal que no hubo argumentaciones. Era la arquitecta Gonzalbo en su mejor versión. Qué bronceada vienes, le dijeron. Mariana lo sabía pero no dio margen a suspicacias que quizá sólo estaban en la mente de ella. Había mucho sol, respondió seria. Pensó que era un piropo y lo gozó. Por la tarde, después de veinte telefonemas, llegó de buen humor a su casa y abrazó efusivamente a Bibiana, que se asombró un poco. Ella sólo había preguntado cómo te fue y recibió un insistente muy bien muy bien, ¿me acompañas al súper? Aquel día jugaron en el mercado. Mariana le arrojaba con cierta irresponsabilidad los objetos a Bibiana, que reía con su madre. Kant se pavoneaba entre las mercancías. Compraron helado, que normalmente estaba prohibido, demasiadas calorías; Mariana consintió a su hija con un extraño shampoo con olor a frutilla. A la salida compraron flores y gozosas continuaron la faena.

Al llegar a casa decidieron poner orden; estaban guardando la compra en la alacena con un buen humor que hacía tiempo no se respiraba en esa casa, cuando entró Juan María. Una barba rala y mal crecida lo hacía verse sucio. Llevaba el cabello grasoso, iba con la camisa fuera del pantalón y arremangado. Se las quedó viendo desafiante. Buenas noches joven, ¿a qué debemos su presencia aquí tan temprano?, dijo Mariana con sorna. Necesito dinero, fue la respuesta lacónica. ¿Para qué?, preguntó la madre siguiendo con sus funciones. Para comprar unos libros. Pídeselo entonces a tu padre. Pero los tengo que comprar hoy. Son las ocho de la noche, no me vengas con que de pronto eres un lector nocturno. Bibiana observaba sin comprender del todo lo que ocurría. ¿Seguro que es para libros?, preguntó Mariana con ironía. Tanta prisa por comprar libros me parece extraña. Juan María se dio cuenta de que había sido descubierto. Molesto y vociferando algo salió de la cocina hacia su cuarto y azotó la puerta. Pásame el detergente, le dijo Mariana a su hija para continuar con su rato de encuentro doméstico. Estaba llena de fuerza.

Por la noche, cuando Bibiana ya dormía, envalentonada por haberle ganado el primer round, Mariana tocó la puerta de Juan María. Hacía tiempo que no entraba a la habitación. La miró con rapidez, tratando de no dar importancia a aquel espectáculo. Las paredes estaban tapizadas de carteles de grupos musicales que Mariana desconocía. Muchos de ellos con playeras negras, algunos con los cabellos de colores. En la esquina, arriba del armario, había un rostro particularmente agresivo: la sexualidad era indefinida, ojos y labios pintados como mujer; una sonrisa irónica mostraba una lengua perforada con varios piercings. Mariana tenía verdadera aversión a esa forma de decorar el cuerpo, temía que Juan María apareciera cualquier noche con la nariz perforada. No quiso pensar más en el asunto. Tropezó con unas botas viejas y lodosas y de reojo miró el escritorio convertido en un caos. Todo parecía sucio. Se lo encontró tirado en la cama escuchando su discman con unos pequeños audífonos en las orejas. Fumaba mirando al techo. Una cajetilla vacía sobre su estómago servía de cenicero. Juan María permaneció así, inmutable. Con brusquedad intencional Mariana le retiró los audífonos. Creo que se te están olvidando las reglas. Mientras vivas en esta casa y tu padre y yo te alimentemos, te vistamos, paguemos tu educación y hasta tus vicios, tendrás que cumplirlas. Aquí se dice buenos días, buenas tardes y buenas noches; en esta casa se despide uno al salir; en esta casa nadie azota las puertas; en esta casa nos bañamos todos los días y no olemos a orines. En esta casa nadie pintarrajea los techos o los muros a menos que tenga el dinero para pagar la pintura y, muchachito: el horario entre semana es de no llegar más tarde de las diez de la noche. Si no llegas te quedas afuera. Juan María la miraba tratando de mantener cara de malo. Dos cosas más, si repruebas más de dos materias te sacamos de la escuela. A ver si no terminas repartiendo pan como tu amigo Gonzalo. La última, a partir de la semana que viene verás a un especialista en adicciones. Juan María volvió el rostro hacia la pared.

Mariana salió pronunciando un buenas noches lacónico. Cerró la puerta con suavidad. Parecía un general. Fue la primera batalla en la larga guerra. Las manos le temblaban.

104

"Nadie es como otro. Ni mejor ni peor. Es otro. Y si dos están de acuerdo es por un malentendido." Mariana y Julián pensaron que tenían un acuerdo: todo. Pensaron que eran iguales. Sartre los desmiente. Julián y Mariana procesan distinto la felicidad. Él va, ella viene. Su concepción del tiempo es muy diferente. Julián busca a Kant todo el tiempo, los domingos por la mañana en compañía de Pachelbel o al comer una nieve. Mariana quiso doblegar a Newton y perdió, negó a Kant y ahora lo recupera. Julián vive de las visitas de Kant y busca repetir, usa a Kant para olvidarse de Newton. Mariana es esclava de la repetición, del condenado de Newton, por eso desea huir de ella. Pero aquella noche del domingo, en compañía de Pachelbel, después de la cirugía, añoró repetir. Julián busca y vive instantes que le den un todo. Sin embargo, el amor entre ellos es real. La rutina hizo su trabajo: minó su pacto vital. Mariana y Julián han compartido todo o casi. Porque quizá la premisa es falsa. ¿En verdad se puede compartir todo? De no ser así, por el bien de una amistad, de un amor, el secreto es válido. De hecho puede leerse al revés: sin secretos no hay amores.

105

Julián, soy Mariana, seguramente estaba dormitando. Desde la noche de El Bodegón no han cruzado palabra. Qué ocurre, pregunta él con algo de asombro por la hora. Mariana no puede evitar que las imágenes de la noche previa crucen su mente. Betanzos desnudo sobre ella, detrás de ella, sus brazos fornidos, su pecho amplio, sus piernas fuertes, su sexo, su sexo, su sexo. Por un momento queda en silencio. Retoma el hilo de la conversación y le cuenta a Julián lo ocurrido con Juan María. Bien, dice Julián, a mí me buscó para lo mismo y no le di nada. Le dije que llamaría a la escuela para preguntar por esa nueva lista de libros y ya no insistió. Mariana le hace ver a Julián la necesidad de conseguir auxilio y pronto. Julián se compromete. Lo vamos a encarrilar poco a poco, dice ella con un optimismo evidente. Julián queda un poco asombrado del tono. No hubo resentimiento, no hubo coraje. Mariana sabía que ocultaba, que guardaba silencio sobre un suceso central en su vida. La decisión estaba tomada, Julián nunca se enteraría, no tenía por qué. Se despidieron con cariño. Mariana se sentía fuerte. Tomó prestado el discman de Bibiana y se llevó sus recuerdos y a Pachelbel a la tina.

106

Mariana lleva dos secretos. El estable y ejemplar matrimonio de sus padres estuvo acompañado de un fantasma. Javier Betanzos le dio fuerzas para romper el círculo perverso de depresión, fealdad, rechazo, más depresión, más fealdad, más rechazo. Fue una inyección de vida que quizá la puso de nuevo en el camino de Julián. A decir de Voltaire, el amor es la más fuerte de todas las pasiones porque ataca al mismo tiempo a la cabeza, al corazón y al cuerpo. Pero, ¿podría de nuevo haber pasión entre ellos?

107

Suena el teléfono. Mariana contesta. Es el director de la escuela de Juan María. Cuatro amigos y él fueron sorprendidos robando en un estanquillo. La policía los tiene detenidos, pero por ser menores de edad los padres deben comparecer. Mariana queda muda. Llama a Julián. Empieza una nueva pesadilla.

**

Un esqueleto de pescado sobre una tierra agrietada.

108

Los tres están reunidos en el departamento de Julián. Gracias a los buenos oficios de uno de los padres y a algún dinero que corrió, el dueño del establecimiento retiró los cargos. Por primera ocasión, Juan María está quebrado. Las horas que estuvo detenido fueron suficientes para recordarle algunas de sus debilidades. La prepotencia de los últimos meses ha sido rota. Julián es rudo, Mariana juega a la conciliadora, la próxima vez, si llegara a darse, lo dejarán solo. Juan María se suelta a llorar. Mariana va a abrazarlo, Juan María no pone resistencia. Entre sus pelos sucios sobre la cara y su barbita ridícula brota el niño que todavía está dentro de él. Llega el reclamo, por qué se separaron, como si una cosa tuviera que ver con la otra. Por un malentendido que eres demasiado joven para entender, dice ella con firmeza. Julián guarda silencio. Juan María y Mariana abordan el coche. El muchacho llora. Julián, parado en la acera, le da un beso a Mariana por la ventanilla. Nos vemos pronto, le dice. Mariana siente de nuevo un nudo en la garganta. Le da coraje. Nos vemos pronto, qué quiso decir, se pregunta mientras maneja y escucha los sollozos de su hijo.

109

"La realidad se adquiere exclusivamente por repetición" es la sentencia de Mircea Eliade en *El mito del eterno retorno*. Nadie conocerá el gran ciclo de la vida de principio a fin. Pero podemos recurrir a la ficción de los ciclos menores para darnos a nosotros mismos la oportunidad de enmendar lo que hicimos mal, de gozar aquello por lo que cruzamos distraídos, de apreciar el valor de cada momento del ciclo. La conciencia del ciclo lo hace distinto. Una ficción puede alterar la realidad. Cervantes merodea. Sabemos que ningún ciclo será exactamente igual al previo. Y, sin embargo, encaramos muchos hechos de nuestras vidas como si el ciclo estuviera allí, a nuestro capricho. El tiempo lineal de Newton no deja escapatoria. Nunca regresamos. Sólo repitiendo o intentándolo vanamente accederemos a esa falsa pero imprescindible sensación de haber estado allí, de poder regresar por voluntad. ¿Por qué recurrir a la ficción de los ciclos?, ¿por qué somos incapaces de vivir sin ellos?

Angustia sería la palabra, la conciencia sobre el tiempo lineal puede provocar una gran angustia: nunca nada volverá a ser igual. Mañana todos tendremos menos tiempo de vida frente a nosotros, incluso los recién nacidos. Pero claro, ellos tienen su gran ciclo enfrente e infinidad de ciclos menores para ensayar y evadirse del tiempo lineal. Quizá por eso los viejos les insisten tanto a los jóvenes en los momentos del ciclo que ellos ya conocieron. La universidad es la mejor etapa de la vida, gózala. Que juegue hasta que quiera, para qué complicarle la vida tan joven, ya de todas formas le llegarán los problemas. Hijos pequeños problemas pequeños, hijos grandes problemas grandes. Por eso los abuelos tienen hacia los nietos una actitud tan diferente a la de los padres: porque es la repetición ficticia de una paternidad superada. Son padres de nuevo sin de verdad serlo. Después de la separación, ni Mariana ni Julián serán los mismos. Tampoco Bibiana o Juan María. Repetir es imposible. Pero entonces, ¿qué añoran? "La realidad se adquiere exclusivamente por repetición."

110

Bibiana come su cereal mirando los dibujos de la caja. Mariana busca más leche en el refrigerador. Sale del radio la voz gritona de algún locutor. De pronto se escucha un buenos días. Es Juan María, allí está afeitado y con el pelo húmedo del baño reciente. Las dos se quedan auténticamente boquiabiertas y en silencio hasta que Mariana asume el hecho y lo rompe imponiendo una normalidad inexistente. Qué quieres desayunar. Unos huevos, tengo mucha hambre.

111

Le llamó el ingeniero Betanzos, dice la secretaria. Mariana pronuncia un gracias totalmente hueco. Pide la comunicación. Toma la bocina. Espera unos segundos con la típica tonada de la cinta *Butch Cassidy and the Sundance Kid* que de tanto repetirse termina por fastidiar. Han pasado dos semanas y las imágenes no cesan. El recuerdo es fantástico. De pronto escucha a Javier Betanzos. ¿Cómo estás? Bien, responde ella sin hacer énfasis. Él repite la pregunta y Mariana se da cuenta de que eso significa: háblame de adentro. Después de unos segundos larguísimos responde, muy bien Javier, con muchos recuerdos, con mucha energía. Yo también, dice él del otro lado. Fue grandioso, eres bellísima, dice el ingeniero, hoy simplemente quise que lo supieras. Te mando un beso. Yo también. Adiós. Adiós. Una sonrisa profunda se apodera de Mariana. La garganta se le quiere cerrar. Es miércoles y una sola llamada la deja encendida de recuerdos y pasiones. Kant gana la batalla.

112

Llega por la noche a su apartamento. El día ha sido una calamidad. Las fotografías de las condiciones de vida en la mina le demandaron ocho horas de traslado. El frío en el interior era terrible y él no iba preparado. Le duele la garganta. Presiente que se va a enfermar, sabe que se va a enfermar. Anda mal económicamente. El último trabajo para *L.A. Times* no se lo han pagado. El departamento está helado. No hay nada que cenar en el refrigerador. Otra vez sushi, piensa con molestia. Se siente solo, muy solo; extraña a Mariana, extraña a Bibiana y también a Juan María. Y todo por un rato con otro hombre. ¿Valdrá la pena? Le espera otra noche de insomnio e inquietud. Este final es muy triste, piensa. Así no vale la pena vivir. Quiere regresar a su casa, con sus hijos, con su mujer. Cómo decírselo a Mariana, cómo dar marcha atrás. Llora y piensa que no lo merece. El sushi tardará cuarenta minutos.

113

Es domingo. Doña Sofía, Mariana y Bibiana comen en un ruidoso restaurante de mariscos. Mariana pidió ostiones y doña Sofía le advierte: tu padre siempre dijo que comer crudo es riesgoso, mejor todo cocido. La viuda queda en silencio. Los recuerdos la avasallan. Los ojos se le llenan de lágrimas. Bibiana le toma el brazo, fue tan bueno, le dice. Mariana la mira, pero su mente viaja al bulto de cartas, al rostro de Adriana Alcántara, a las complejidades de ser buena.

114

"La mitad de las desgracias humanas se resumen en una palabra: adulterio." La sentencia no deja margen y proviene de Denis de Rougemont, un gran autor suizo que escribió un texto hoy clásico, *El amor y Occidente*. En las mitologías, en las religiones, en la literatura, en la ópera y donde se le mire, el adulterio aparece como un tema reiterado: de Tristán e Isolda a Ana Karenina, pasando por Shakespeare. La lista es inacabable. De Rougemont lanza su idea central: "El occidental ama por lo menos tanto lo que destruye como lo que asegura 'la felicidad de los esposos'." Los monumentos a la fidelidad son tan frecuentes y populares como el reconocimiento del poder del adulterio. Hay algo de fascinación incontenible alrededor de ese comportamiento humano. ¿Por qué? se pregunta el suizo. ¿Qué hay detrás del adulterio? ¿De dónde nos viene ese gusto por algo que todos dicen conduce a la desgracia? Una respuesta muy común es la del gran poder de atracción por lo prohibido. Mientras exista la pareja como institución, habrá adúlteros. Pero, ¿es viable una sociedad que no esté constituida por parejas que pretendan ser fieles? Es curioso, hasta en las relaciones entre personas del mismo sexo ahora se busca que el vínculo sea estable e institucional. Lo que era prohibido se vuelve ley y genera nuevas prohibiciones. Pero Mariana no tenía prohibido estar con otro. Todavía más lejos: la fascinación no sólo era de ella sino de ambos. Era motivo oculto de su fidelidad.

Aparece entonces la palabra mito, el peso del mito como algo que nos ordena la vida. Según los mitos, quien osa violentar el sacro mandato de la fidelidad matrimonial recibirá sin excepción el castigo divino, como un rayo incontenible que aparece incluso en un cielo sin nubes. No hay forma de escapar. La muerte de Tristán e Isolda, las vías para Ana Karenina. Pero, ¿cuáles son las razones que sustentan la omnipresente amenaza contra los adúlteros? Los mitos siempre tienen orígenes oscuros. En contraste sus efectos siempre son diáfanos. "El carácter más profundo del mito es el poder que ejerce sobre nosotros, generalmente sin que lo sepamos", advierte De Rougemont. Las consecuencias del adulterio son el gran mito ordenador de la pareja, de la familia. ¿Hasta dónde llega su poder? Julián sufre lo indecible por un acto amoroso que nunca se dio. Mariana paga el castigo de un placer prohibido que no le llegó en esa ocasión. El adulterio como causa mitológica de destrucción está plasmado en esa familia que cae a pedazos todos los días. De Rougemont rastrea y llega al siglo XII. El éxito de la leyenda de Tristán e Isolda está en su capacidad represora. "No a la profanación" es la consigna. Los dioses están con nosotros. Von Strassburg, Béroul y Bédier, la versión que se tome, mejor Wagner, los adúlteros pagan su pena. ¿Será?

115

Eran las 4:30 de la madrugada. Tuvo que llamar un taxi. Con dificultad se podía mantener en pie. Los cólicos lo atacaban sin pausa. No tuvo a quién llamar para algo que él consideraba penoso. En el taxi gemía de dolor. El taxista optó por no preguntar. Las barbas, la vestimenta negra, la hora y los gemidos no anunciaban nada bueno. Entró por urgencias y estuvo a punto de desvanecerse. Intoxicación severa fue el diagnóstico, pero antes de aplicarle cualquier medicamento le pidieron que pasara a la caja con su tarjeta de crédito: business is business, con la boca seca y las manos temblorosas, miró cómo la señorita de la caja guaseaba con su colega mientras él se sentía morir. Estuvo veinticuatro horas en el hospital con una botella de suero como grillete y sujeto a cualquier cantidad de torturas y vejaciones. Algún marisco descompuesto fue la explicación genérica. ¿Por qué a él, si ya había sufrido suficiente?

**

Un hombre de shorts y sin camisa flota en el aire con las piernas torcidas.

**

116

El secreto carga con muy mala fama. Le viene de lejos, quien se guarda algo puede tener una intención malsana. La traición comienza por no decir lo que en verdad se piensa. Para muchos el secreto es maldad. La mitología alrededor del secreto está cargada de falsa moral. Un médico que no guarda total secrecía sobre la condición de sus pacientes puede arruinarle la vida a más de uno que quiere vivir como si estuviera sano. Cuántos enfermos graves no hemos conocido que esconden su condición para vivir mejor. Los grandes negocios se idean en secrecía. Los generales en plena batalla no pueden contar sus estrategias. Los presidentes se apoyan en secretarios cuyo rango viene del grado de secreto que deben guardar para llegar a buen fin. Allí está el Kern: el secreto sirve a un fin superior. Quien guarda un secreto no genera una verdad falsa, simplemente no aporta al saber de los otros. Que todos sepan todo no siempre ayuda a arribar a buen puerto. Es cuestión de prioridades. Qué queremos: ganar la batalla, que el paciente viva como un ser normal, hacer el negocio o andar regando información para ser "totalmente honestos". Julián ha decidido no decir palabra de su amorío con Elena Mirelles. Fornicó con una mujer apasionada pero también abrazó el vacío. No se siente orgulloso de eso. Sucedió, pero el silencio es mejor. Julián tiene menos resistencia al secreto, pues en la memoria lleva aquella imagen de su padre con la pistola en la sien, escena que nunca ha platicado a nadie. Quizá estaba bebido, pero recuerda el momento y algo le dice que nadie ganaría conociéndolo. En su lectura de felicidad creciente, no sirve de nada recuperar una y otra vez los malos momentos.

Por su lado, Mariana lleva el trauma de haber dicho la verdad el 15 de marzo. ¡Qué mal le fue!

Entiende que Javier Betanzos, ese hombre que la halagó, que le dio fuerza, que la hizo sentirse bella y que la sacó del torbellino, el mismo hombre que con una sola llamada en miércoles instala a un sonriente Kant en su cabeza, ese individuo, su existencia, ese capítulo importantísimo de su vida quedará en secrecía total. Pero ahora además lleva a Adriana Alcántara en la memoria. Su madre nunca deberá enterarse. La memoria de su padre vale más. ¿Para qué contárselo a Julián, que tan buena imagen tiene del doctor? ¿Simplemente para enriquecer su lectura de la realidad? Ese no es un propósito principal en un mundo donde vivimos en parte de la energía que nos inyectan las ficciones. El tiempo no pasa para ti, se dicen los amigos, Mariana estás más guapa que nunca, y por un segundo derrotan a Newton. ¿Por qué acabar con la imagen de santo del doctor Gonzalbo?

Juan María, en plena reconstrucción de sí mismo, también lleva sus secretos. No tiene cara para platicar que llegó a sacar dinero de la cartera de su padre, de su madre, de los ahorros de Bibiana e incluso fue a la recámara de la abuela a ver qué encontraba. ¿Sirve de algo que les diga esa verdad que ahora le provoca vergüenza? Para qué platicarles de las veces que ha tenido que limpiar de excusados y regaderas el vómito provocado por exceso de alcohol y droga, o las ocasiones que ha tenido que lavar sus playeras para que Francisca no se diera cuenta, eso creía él, del desastre. Para qué platicarles a sus padres que, "elevado", se ha ido con sus amigos a buscar putas que los atienden en grupo, mujeres de pechos enormes y duros por el silicón, el vello púbico recortado, labios anchos y rellenos y que siempre mascan un chicle. Cómo decirles que por andar "volando" lo peor es que no se acuerda de mucho. Para su edad, él tiene varios expedientes que no desea divulgar. Bibiana es quizá la más inocente en esto del secreto. Pero aun ella oculta a sus compañeros la separación de sus padres y simplemente dijo que Julián hacía un largo viaje. Se guardó un secreto y dijo una mentirita. ¿Tiene la confesión algún sentido? O mejor pensar en el secreto como una herramienta para sobrevivir.

117

Los tres entraron a la vieja y descuidada casona. No hubo escapatoria, todos debían de ir a la primera sesión. Mariana y Julián se sintieron muy incómodos. En Juan María todo era enojos y silencios. Alrededor de una mesa circular, típica de oficina y bastante desvencijada, esperaron hasta que apareció la doctora Mingos. Severa y de gruesos anteojos, esta mujer de huesos anchos comenzó fríamente el interrogatorio: ¿Hace cuanto que inició el consumo? Las miradas cayeron sobre Juan María, quien respondió con furia que hacía algunos meses. Cuántos fue la nueva pregunta que de inmediato hizo la doctora. No lo sé, cuatro o cinco, dijo Juan María. ¿Seguro?, sí carajo, espetó Juan María. Julián le pidió que se controlara. Cuántas veces a la semana te drogas, qué consumes, mariguana, cocaína, heroína. No, por favor, dijo, sólo mariguana. Cuántas veces a la semana lo haces. Mariana lo miraba con verdadero azoro. Dos o tres. ¿Seguro? Sí, cuatro cuando más. Dónde consigues la droga. Qué es esto, ¿la policía? No, pero debemos conocer la calidad, hay unas más tóxicas que otras. Afuera de la escuela puede uno encontrar a un par de tipos. Deberás traer una muestra. ¿Bebes alcohol? A veces. ¿Fumas y bebes a la vez? De pronto Juan María explotó: Por qué no les pregunta a ellos por qué comencé, que le cuenten sus relajitos. Se hizo un silencio. La doctora volteó la mirada:¿Tienen ustedes algo que contarme? Estamos separados, fue la respuesta breve de Julián. Allí comenzó la tormenta. Todos los lunes a las seis de la tarde, Mariana, Julián y Juan María debían enfrentar a la doctora Mingos. ¿De verdad eran ellos los responsables?

118

Fue el viernes por la noche, justo antes de ir al hospital. Cansada de brincar de estación a estación Mariana apagó el televisor. Quedó en silencio. Caminó al cuarto de Bibiana para darle un beso nocturno. La mujercita respondió a la caricia con algún movimiento y siguió dormida. Mariana le acomodó sus sábanas y la cobija más por un ánimo de hacer algo que porque de verdad se necesitara. Pensó que veinticuatro horas después sabría en definitiva si la vida la condenaba a repetir el horror de su madre, si a pesar de todas las precauciones, autoauscultación, mamografías, mucha soya, antioxidantes, algo superior a todo le mandaba esa pena. Mariana pensó de nuevo en Dios. Educada en los rituales más comunes del catolicismo, Mariana no es ni creyente ni, menos aún, practicante. Pero esa noche, sola frente al misterio de su salud, quiso pedirle a alguien compasión. Cayó entonces en la versión del castigo, ella que nunca había tenido problemas de salud, justo después de flirtear con un hombre y pecar en pensamiento, por lo menos, recibía este castigo divino. Pero ahora ya no era sólo en pensamiento. No traicionaba a Julián, pero sí a otra mujer que sabía era una esposa fiel. Se llama Graciela. Pensó que se merecía el castigo. El mito de Tristán e Isolda y tantos más merodeaban en su cabeza con toda su fuerza. Se contuvo, no quiso seguir por esa línea. Se dijo no seas ridícula, pero no pudo descartar del todo esa interpretación, Dios le podría mandar un rayo fulminante como le ocurrió a su amiga Cristina, que en cuestión de semanas el mal le carcomió la entraña. Cristina tan bella, tan alegre, tan amante de la vida. Pero ¿y su madre que siempre fue tan religiosa? De eso Mariana no tenía ninguna duda y, sin embargo, sobre ella cayó el cáncer de pecho. ¿Cómo explicarlo? No tenía sentido. Por eso ella no era creyente. Sin embargo, no podía escapar de esas coordenadas. Dios, quien seas, tú sabes lo que hice y lo que no hice, no hay secretos. Sabes que lo hice por revivir. ¿Fue de verdad tan grave? Dios, por favor que no sea cáncer.

Así se metió en las tinieblas de una noche muy especial.

119

Julián entra presuroso a un restaurante, el capitán les busca una mesa pequeña. Julián lleva prisa, tiene que aprovechar la luz de la tarde. Camina entre las mesas, escucha su nombre, voltea el rostro: son

Antonio y Sonia, viejos amigos. Cómo estás, le preguntan y él responde que bien; ¿y Mariana? Julián siente un balde de agua helada, como le ocurre con frecuencia. Les dice que bien por fortuna, pero que están separados, y escucha el cóóómo, ustedes; un cómo sincero que para él no tiene respuesta. Esto les ha ocurrido a Julián y a Mariana varias veces y sólo han podido dar respuestas tontas, como: las cosas suceden o no hay nada escrito. Cortar rápido es la salida. Julián va a su mesa y se sienta a pensar qué explicación se puede dar. Sobre Mariana y Julián cae el peso de lo incorrecto: dos hijos lastimados, una pareja que muchos veían como ideal, qué pasó. Julián pide ron con Coca-Cola y se queda meditando solo, con la sensación de que todas las miradas están sobre él.

120

"Toda idea del hombre es una idea del amor", dice De Rougemont, nuestro autor suizo. Julián y Mariana están atrapados. Pertenecen a una generación que hizo de la liberalidad amorosa, real y también en gran medida mítica, su razón de ser. Pero ambos provienen de hogares donde la fidelidad matrimonial era una convicción y mucho una costumbre. De don Benigno y doña Sofía sólo conocían señales de castidad matrimonial. De los Esteve no sabemos nada y no tenemos por qué suponer otra cosa. Ni siquiera la viuda reencontró su camino amoroso. A Mariana y a Julián los hermanaba eso y la tristeza femenina que tanto le aterra a ella. Lo amargo al final de la vida ronda como amenaza. Fieles pero infelices, era una idea que cruzó por la mente de ambos. Pero cuidado, porque el razonamiento es peligroso: acaso hay que ser infiel para ser feliz.

Por ese delgadísimo sendero entre dos abismos caminaron los argumentos de Mariana y Julián. Ambos en sus noches de pasión optaron por una versión muy vital: felices cueste lo que cueste. En el peldaño más alto de su escala de valores, estaba la felicidad; la fidelidad venía varios sitiales abajo. Cuando Julián le decía todo hablaba justo de eso, sé feliz, Mariana, yo te quiero feliz y si para que lo seas es necesario que flirtees, que hagas el amor, que seas libre por encima de las instituciones, hazlo. Eso le decía. Y Mariana, que todavía no era consciente del peso de la rutina, de la monotonía como cárcel, lo tomó en serio. Pero los dos desconocían el poder del mito que los gobernaba. Tristán e Isolda y los rieles de Ana Karenina ya estaban instalados en su cabeza. Tenían una idea falsa del hombre libre corriendo en la pradera en busca de la felicidad. Pero no sabían de lo que hablaban. Era la primera vez. La repetición y Pachelbel todavía no aparecían en escena.

121

Arquitecta Gonzalbo, la obra se encamina a su fin, dijo él a través del auricular. Mariana guardó silencio.

Me encantaría una última visita suya... y de nuevo quedaron en silencio.

Mariana respondió juguetona. Una no puede confiar en nadie, hay que revisar hasta el último detalle. Sí Javier, también yo quiero estar contigo de nuevo. Sería el último, inolvidable encuentro.

122

Entra a la sala de juntas, viene sonriente. Es principios de noviembre y el frío en la ciudad se anuncia. Al mover el torso para tomar el teléfono se perfilan sus pechos, cruza la pierna con seguridad y la curva encamina las miradas de los varones presentes. Ella lo sabe y nada hace para impedirlo. Sus colegas se miran, she is back, comenta uno de ellos.

123

Han quedado de platicar solos, sin Juan María. El Starbucks de la glorieta es el lugar que han elegido. Son las cinco y diez y Julián se empieza a desesperar, de pronto la ve bajarse del coche, ligera y sonriente; lleva un saco blanco que él no le conocía. Su cabello largo juega detrás del rostro. Julián sólo piensa que esa mujer le atrae. Se siente miserable. Algo tiene que hacer.

124

Julián no quiere platicar de la intoxicación. Julián quiere parecer fuerte. Julián quiere reconquistarla. Terminan con el tema Juan María. Están rodeados de chamacos, se dan cuenta. Julián le dice de manera abrupta:

—Lo he superado.

—¿Qué?

—El que hayas estado con otro.

Mariana guarda silencio. No estuvo, está. No mintió entonces, ahora no le dice toda la verdad, no habla de la novedad. ¿Por qué debía hacerlo?

—No quiero hablar más del tema, Julián. Si no crees en mis verdades te diré mentiras. ¿Quieres mentiras? Yo sé mentir.

Julián se queda callado, luego dice:

—Si soporté las verdades para qué quiero mentiras. Te adoro.

125

Esa tarde Mariana fue al departamento de Julián. No olía a hogar, no rondaba Bibiana, no había recados de Francisca. No tenía que preocuparse por la limpieza. Era perfecto para el amor. Julián se preocupó, el lugar estaba frío. Encendió una calefacción inútil. Cuando ella aceptó un whisky él comprendió que iba bien. Tenía poco whisky, así que él optó por vino por si ella repetía. En el refrigerador no había nada qué ofrecerle de botana, por supuesto no encargó sushi, pues todavía le provocaba rechazo. Las cosas se deslizaron con el riesgo de la costumbre como amenaza. Pero él redescubrió su cuerpo, firme y asoleado, bello. Pero le cruzó por la mente la blancura de los pechos de Elena Mirelles. Nada fue igual. Ella actuó con una seguridad que él no le había visto. Julián se acordó de la doctora Mirelles; de su pasión desbocada, ruda y sin rumbo. Quería abrazar el alma de Mariana. Fue justo cuando ella comenzó diciendo: ¿quieres saberlo todo? Julián estaba aturdido y excitado; ella le dijo es muy buen amante, amable pero intenso, jovial pero apasionado. Julián sonrió, su discurso era genial, la adoraba. Le gusta el queso fuerte y el vino del Duero. Sonaba tan real. ¿Lo sería acaso? Siempre que estamos juntos terminamos agotados, es muy apasionado, casi como tú. Julián no tuvo duda. El juego se había iniciado.

126

El domingo por la mañana Mariana preparó unos hot cakes. Les tengo una sorpresa, les dijo a Bibiana y a Juan María, que pretendía irse a una carrera de autos. Comían los inusuales hot cakes cuando Bibiana dijo: qué buena sorpresa, repítela más seguido. Mariana sonrió, ¿repetir?, pensó, y les dijo no, los hot cakes no son la sorpresa. Minutos después procedieron a levantar la mesa. Juan María estaba absorto en un suplemento de automóviles. De pronto sonó el timbre de la entrada. ¿Quién será?, preguntó Bibiana, con cierta molestia. ¿Por qué no vas a abrir?, le dijo Mariana. La niña caminó perezosa. Hubo un silencio entre Mariana y Juan María, quien por entonces miraba ya la sección de deportes. En esas estaban cuando a lo lejos se oyó: Papá, ¿qué haces aquí? Este fin de semana nos toca con mamá. Julián le respondió con un abrazo prolongado e intenso. Ya no habrá más de eso, dijo Julián a lo lejos. Juan María levantó la cara para escuchar mejor. Mariana siguió mirando los platos sucios y no aceptó su mirada con mensaje de interrogación. Julián y Bibiana entraron a la cocina, Bibiana lo abrazaba por la cintura. Juan María se puso de pie, descontrolado. Mariana lo miró con los ojos llorosos, pero sonriente. Julián había pensado toda la mañana qué decir. No fue una frase memorable: ¿Qué tal una buena carne en El Piantao?, hace tiempo que no vamos. Después les invito una nieve. Juan María no terminaba por entender. Julián se acercó a Mariana. Se dieron un beso cargado de todo, se abrazaron. Con ese instante se ahorraron ríos de palabras. Bibiana comenzó a llorar y Mariana también, Julián tragó tres veces y dijo: Ven, Juan María, ayúdame con las maletas, hoy no quiero llorar. El muchacho sintió el brazo de su padre sobre la espalda. Tratando de terminar con la escena de lágrimas, Mariana dijo: Voy a poner música. De allí en adelante todos los domingos, con terquedad asombrosa, haría lo mismo. Sin decirlo se convertiría en su oración dominical. Fue a la sala. Subió el volumen. Aparecieron los primeros acordes y finalmente las notas: Do - Sol - La - Mi - Fa - Do - Fa - Sol. Pachelbel sonrió en su tumba.

127

Querida Mariana: Sé que el final está cerca. Poco tengo que agregar a mi vida. Tú la conoces mejor que nadie. Sólo me falta un detalle. Por eso te darán esta carta cuando se lea mi testamento. Que la caja con los monogramas de la doble A no te confunda. Tu padre fue un gran hombre. La dejé allí para que tú las digirieras. Nunca te lo pude decir a los ojos. Compréndeme. Ella tenía algo que la vida a mí no me otorgó. Al enterarme la rabia me invadió. Me tardé mucho en comprenderlo. Cuando la mirada se le llenaba de vida y hasta lanzaba guasas yo sabía que habían tenido algún contacto. Ella lo hizo un mejor hombre. Su asunto era bueno para todos. Yo nunca pude montarme en alegría alguna. Lo intenté. A mi nadie me dio una pausa. La hubiera aceptado. Medio siglo es mucho tiempo. Cuida y ama a Julián por sobre cualquier prejuicio. Dale amor a Juan María aunque por momentos lo odies. Bibiana es débil, se puede quebrar, está golpeada. No te canses. El balance final es lo que cuenta. La soledad mata. Te quiero. Adiós. Tu madre, que extraña las charlas que nunca pudo tener contigo.

Canon se terminó de imprimir en enero de 2006, en Litográfica Ingramex, S.A. de C.V. Centeno 162, Col. Granjas Esmeralda, C.P. 09810, México, D.F. Composición tipográfica: Fernando Ruiz. Cuidado de la edición: Ramón Córdoba. Corrección: Gonzalo Pozo.

Certificado No. 02-2082